KB265766

THE
TOWER
OF BABEL
바벨의 탑
FANTASY FRONTIER SPIRIT
푸른 하늘 장편 소설

바벨의 탑 7

푸른 하늘 장편 소설

초판 1쇄 찍은 날 § 2013년 5월 22일
초판 1쇄 펴낸 날 § 2013년 5월 29일

지은이 § 푸른 하늘
펴낸이 § 서경석

편집부장 § 권태완
편집책임 § 박우진
디자인 § 이혜정

펴낸곳 § 도서출판 청어람
등록번호 § 제1081-1-89호
등록일자 § 1999. 5. 31
어람번호 § 제1-1604호

주소 § 경기도 부천시 원미구 심곡2동 163-2 서경B/D 3F (우) 420-822
전화 § 032-656-4452 팩스 § 032-656-4453
http://www.chungeoram.com
E-mail § chungeorambook@daum.net

ⓒ 푸른 하늘, 2012

ISBN 978-89-251-3296-9 04810
ISBN 978-89-251-3114-6 (세트)

바벨의 탑

THE TOWER OF BABEL
FANTASY FRONTIER SPIRIT

푸른 하늘 장편 소설

7

[야마시타 골드]

Contents

Chapter
01 테칸

“나를 이곳까지 부른 이유를 슬슬 들어볼까?”

테칸이 소파에 앉으면서 다리를 맞은편으로 뻗어 걸치면서 한마디 하자,

“네, 테칸님.”

친니는 곧장 품에서 리모컨을 꺼내 벽을 향해 버튼을 눌렀다.

찌이이이~

평범한 벽이던 것이 갑자기 불투명해지면서 화면이 떠오르더니 곧장 영상을 재생하기 시작했다.

화질이 그리 좋아 보이진 않았지만 사람의 이목구비는 어느 정도 구분이 가능할 만큼 수정을 거친 듯했다.

"정진운이군."

테칸은 화면이 흑백이긴 하지만 이미 자신이 뒤를 쫓은 적이 있는 진운임을 단번에 알아보았다.

그런데 화면이 진행될수록 테칸의 표정이 굳어지기 시작하더니 급기야 자리에서 벌떡 일어섰다.

부릅뜬 눈으로 친니를 쳐다보았다.

"저게 뭐지?"

테칸은 순간 영상이 조작된 것이 아닌지 의심이 들어 친니에게 물었다.

"위성 감시를 하지 못했기에 당시 목표였던 정진운과 사라진 저격 로봇의 주변에 설치되어 있는 모든 CCTV를 모아서 연결했을 뿐입니다."

친니가 두려워하면서도 테칸의 눈동자를 똑바로 바라보고 대답했다.

테칸은 말없이 다시 고개를 돌려 화면을 바라보았다.

그 화면에는 진운이 칼라드볼그를 뽑아 들고 건물 사이사이를 날아다니듯 움직이는 장면이 빠르게 지나가고 있는 중이다.

"인디고였단 말인가?"

대구경 저격용 총알을 검으로 튕겨내면서 도저히 인간이
라고 볼 수 없는 움직임으로 건물의 외벽을 타고 오르는 모습
을 보고 있던 테칸의 머릿속에 생각나는 것은 단 한 가지뿐이
다.

"테칸님, 인디고라면… 설마……?"

친니가 중얼댔다.

그는 테칸의 말이 너무나 의외라는 듯 심하게 놀란 표정이
었다.

말 중간에 끼어드는 것을 싫어하는 테칸의 성격을 알면서
도 무의식적으로 말이 튀어나올 정도였다.

찌릿!

"헙! 죄, 죄송합니다."

테칸의 살기 어린 눈빛을 보고서야 친니는 실수했다는 것
을 깨달았지만, 의외로 별다른 말 없이 테칸은 진운이 나오는
영상만을 뚫어지게 쳐다보고 있다.

'…다행이다.'

성질 더럽기로 소문난 테칸이 의외로 조용히 넘어가자 친
니는 자신이 운이 좋았다고 생각하고는 안도의 한숨을 내쉬
었다.

하지만 친니의 머릿속에서는 인디고라는 말이 떠나지 않
고 있다.

통칭, 인디고.

정확하게는 '인디고의 아이들' 이라 한다.

이것은 특정 능력을 지닌 사람들을 지칭하는, 일반인들은 잘 모르는 단어였다.

간단하게 말하면 아인슈타인, 모차르트, 에디슨, 테슬라 같은 사람들이 바로 인디고라고 말할 수 있는 가장 대표적인 예이다.

하지만 세상에 알려진 이런 유명한 사람들 외에 실제 테칸도 바로 인디고였기에 친니는 크게 놀랄 수밖에 없었다.

단순히 머리가 좋고 사고방식이 특이하다는 수준을 넘어, 초능력이라고까지 불러도 될 만큼 초자연적인 능력을 발휘하는 사람들이 가끔씩 출현한다.

그런 사람들을 일루미나티에서는 비밀리에 거둬들여 육성했다.

그 대표적 증거가 바로 테칸이다.

하지만 테칸이 진운을 보고 놀라는 것은 그가 인디고의 특성을 전혀 가지고 있지 않기 때문이었다.

자신이 조사한 바에 의하면 진운은 그저 평범한 사람에 불과했고, 여느 사람들과 다를 바가 없었다.

그 이유는 바로 인디고의 특성을 가진 아이들은 이미 어린 시절부터 자신의 능력이 밖으로 표출되기 때문에 아무리 숨기려고 해도 겉으로 드러날 수밖에 없기 때문이다.

주머니 속의 송곳이라는 말이 가장 잘 들어맞는 것이 바로 인디고 아이들이었다.

특히나 인디고들은 그 특성상 특이한 성격을 가지고 있는 경우가 많다.

자신이 왕족이라도 되는 양 느끼고 행동하기.

자기가 이 세상에 존재할 가치가 충분하다고 느끼고, 다른 사람이 그렇게 느끼지 않으면 당황하기.

어떤 일은 이유 없이 하기 싫어하기.

창조적인 사고가 필요하지 않은 형식적인 것에 크게 좌절하기.

가정에서나 학교에서 더 좋은 방법이 있지만 옆에서 보면 질서를 파괴하는 행동을 보이기.

죄책감을 느끼는 방식에 반응을 보이지 않기.

자기가 필요한 걸 말하면서 전혀 부끄러워하지 않기.

먹는 것에 크게 관심이 없어 살아갈 수 있는 최소한의 음식만 섭취하기.

독립심이 강해 자신이 뭔가를 할 때 옆에서 끼어드는 걸 극도로 싫어하기.

한번 결정하거나 정한 것은 어떻게든 이루고야 마는 의지.

기타 등등.

이 정도가 가장 큰 특징이다.

대충 특징만 봐도 보통의 아이들과는 너무나 다르다고 할 수 있지만, 그것보다 더 특이한 것은 이런 특징이 불과 4~7세 사이에 나타난다는 것이다.

소위 말하는 영재를 넘어 천재에 속하는 사람 중에 인디고의 특성을 지닌 사람이 제법 있는 편이다.

거기에 일루미나티만 알고 있는 비밀이 있는데, 인디고의 아이들의 종류는 크게 두 가지로 나눌 수가 있었다.

첫 번째는 지능적인 눈에 보이지 않는 능력이고, 두 번째는 테칸과 같이 불을 다루거나 하는 눈에 보이는 초자연적인 능력이 있다.

하지만 진운은 그 어떤 것에도 그런 기미가 없었기에 테칸은 지금 영상에 보이는 진운의 능력이 놀라울 수밖에 없었다.

자신도 불을 다루는 능력이 발휘된 것이 불과 다섯 살 때이다.

그 당시 제어하지 못하는 자신의 능력으로 인해 모든 가족이 한순간에 잿더미가 되었고, 그걸 일루미나티가 알아채고는 테칸을 데려간 것이다.

그리고 현재는 자신의 능력을 완벽하게 제어하는 경지에 이르렀지만, 그 기간이 결코 쉽지 않았다.

불이란 것이 조금만 실수해도 엄청난 재앙을 가져오는 특성이 있으니 말이다.

특히나 테칸의 개차반 성격까지 일루미나티는 모두 감수하고 데려왔고, 그만큼의 값어치는 충분히 차고 넘치는 것이 테칸의 능력이다.

이처럼 대부분 10세 전에 능력을 개화하여 발휘하는 것은 절대적인 법칙이라고 생각해도 좋은 것이 인디고다.

테칸은 영상을 몇 번이고 되돌려 보면서 확인하고 확인했다.

몇 번이나 돌려본 결과, 이것 하나만은 확실해 보였다.

저격 로봇이 총을 발사하는 순간 거의 동시에 진운이 반응한다는 것이다.

인간이 총알이 발사되는 순간 반응한다는 것 자체만으로도 이미 보통의 인간의 범주를 벗어났는데 진운은 그걸 칼로 쳐 내기까지 한다.

일반 권총의 총알도 쳐 내기 위해서는 수십 년 검을 다룬 달인이 충분한 준비 시간을 가져야만 가능할 일인데, 권총이 아닌 대구경 저격 라이플의 손가락만 한 총알을 쳐 내고 있는 진운의 모습에 테칸은 놀랄 수밖에 없었다.

"……."

테칸은 자신이라면 과연 진운처럼 총알을 처리할 수 있을까 생각했다.

물론 검으로 쳐 내는 그런 무식한 방법은 아니지만 충분히 가능은 했다.

백색을 넘어 투명한 불꽃을 만들어내 총알이 불길에 닿는 순간 녹여 버리면 된다.

하지만 단 한 가지, 진운의 반응만큼은 절대로 흉내 낼 수가 없다.

인간이 어떻게 수백 미터 밖에서 발사되는 총알을 감각만으로 알아챈단 말인가?

있을 수 없는 일이다.

한 번이면 우연이라고 생각하겠지만 영상에서 보인 모습은 처음만 반응이 살짝 늦었을 뿐, 그 후의 반응은 너무나 빨라서 마치 서로 짜고 하는 영상으로 착각할 정도였다.

"이것 때문에 나를 불렀단 말이군그래."

테칸은 상대가 인디고의 능력을 가진 사람이라면 자신을 부른 게 어느 정도 이해가 되었다.

특히나 자신과는 다르지만 검을 든 상태에서 암살조차 불가능한 감각과 대구경 라이플의 총알까지 팅겨 버리는 능력을 가지고 있다면 이미 보통 사람의 범주는 벗어났다고 봐야 했다.

"크크크큭, 크크크크크, 재미있어. 아주 재미있어. 숨겨진 인디고였다니 말이야. 크크크큭."

영상을 뚫어지게 쳐다보던 테칸이 갑자기 웃기 시작하자 친니는 슬그머니 뒷걸음질을 쳤다.

듣기로 테칸이 갑자기 웃으면 주변의 누군가가 반드시 숯덩이가 되어 죽는다는 말을 들었기에 거의 본능적으로 움직인 것이다.

하지만 그런 친니의 걱정과 달리 테칸은 친니를 쳐다보면서,

"오늘… 화려한 불꽃이 피어오르겠어. 오랜만에 말이야."

진운은 이미 일루미나티를 적으로 생각하고 있는 것을 잘 알고 있기에 무조건 죽여야 하는 녀석이므로 테칸으로서는 즐거울 따름이다.

정말 오랜만에 능력자를 상대로 몸을 움직여야 할지도 모른다는 것은 오히려 기쁨으로 다가왔다.

그동안 시시하게 손가락만 한 불꽃만으로도 비명을 지르며 살려달라고 울며불며 매달리는 버러지 같은 녀석들만 상대해서 지칠 대로 지쳐 있었다.

그런 무료함이 머리 꼭대기까지 닿아 있는 상황에 약속이나 한 듯 진운의 능력을 봤으니 즐거울 수밖에 없는 것이다.

"친니."

"네, 테칸님."

"이건 위에 보고했나?"

“그건 아직……. 정확한 판단을 내리기 힘들어 우선 테칸 님께 먼저 보여 드린 겁니다. 위에 보고할까요?”

테칸은 친니의 말에 말없이 씨익 웃더니,

“태워 버려.”

“네?”

순간 말을 못 알아들은 친니가 되묻자 그의 곁으로 쓰윽 다가온 테칸이 귓가에 속삭였다.

“태워 버리라고. 내가 처리할 테니. 그리고 위에는 보고하지 마. 알았지?”

“네, 알겠습니다.”

나중에야 어찌 되든 당장 테칸의 말을 거부했다가는 자신이 죽을지도 모른다는 공포에 친니는 곧장 고개를 끄덕였다.

그가 품에서 리모컨을 꺼내 버튼을 눌렀다.

벽을 화려하게 수놓고 있던 진운의 영상이 사라졌다. 굳이 태우지 않더라도 영상 기록을 완전 소거하는 방법은 충분히 있었다.

“완전히 삭제했습니다.”

“오호, 반응이 빠른데? 윗사람에게 사랑 받겠어. 크크큭.”

탁탁탁.

테칸은 친니의 어깨를 가볍게 두드려 주고는 곁을 스치듯 지나 밖으로 나갔다.

“휴우.”

테칸이 완전히 사라지고 나서야 겨우 한숨 돌린 친니는 그제야 다리에 힘이 풀려 주저앉아 버렸다.

마음 좀 놓을 수 있다고 안도한 그때, 무언가 탄내가 느껴졌다.

“뭐가 탔나?”

고개를 돌려 두리번거리던 친니는 무심결에 조금 전 나간 테칸이 만졌던 자신의 어깨를 보고는,

멈칫!

순간 모든 동작이 멈춰 버렸다.

테칸이 만진 모양 그대로 친니의 옷 어깨 부분이 완전히 타서 자국만이 남아 있는 것이었다.

*   *   *

“…….”

아영이 슬그머니 진운을 쳐다보다가 진운과 눈이 마주치자,

휙!

급하게 고개를 돌렸다.

“…아영 씨, 그냥 물어봐도 돼요.”

진운이 눈이 마주치면 너무나 티가 나게 고개를 돌려 버리는 아영의 모습에 보다 못해 한마디 하자,

"저기… 묵을 곳이 없으면 제가 좀 알아봐 드려도……."

말꼬리를 심하게도 흐린다.

국민 여배우로 이름이 높은 아영이 사실은 저렇게 낯가림이 심한 사람이라는 것을 아는 사람이 얼마나 될까?

진운은 그런 혼자만의 생각에 자신도 모르게 미소를 지었다가 곧 지웠다.

그가 아영을 가만히 바라봤다.

"저랑 이러고 있다가 누구한테 사진이라도 찍히면 여배우 생활에 큰 타격이 있는 거 아니에요?"

진운이 대놓고 거절하기 뭣해서 말을 돌려서 하자, 그 말에 오히려 아영이 화들짝 놀라더니 양팔을 크게 내저었다.

"아니에요! 여기는 중국이고 제 중국 일정은 소속사 스태프 빼고는 아무도 모르니까 괜찮아요. 그리고 여기는 절 알아보는 사람도 없어요. 진운 씨가 저한테 해준 걸 생각하면 그 정도야 뭐……."

안절부절못하면서도 할 말 다 하는 아영의 모습에 진운은 왠지 귀엽다는 생각이 들어 자신도 모르게 아영의 머리를 쓰다듬었다.

"……."

아영은 진운의 손길을 굳이 거부하진 않았지만 누군가 자신의 머리를 쓰다듬는 것이 익숙하지 않는 듯 진운을 물끄러미 바라보았다.

그에 진운은 순간,

"아, 미안해요."

다 큰 여자의 머리를 쓰다듬는 것은 어떻게 보면 여자를 얕보는 것으로 비춰질 수도 있기에 손을 거둬들였다.

아영은 오히려 그게 아쉬운 듯,

"그냥… 누군가 제 머리를 쓰다듬는 것이 처음이라서 그런 것뿐인데……."

싫지 않았다는 것을 슬쩍 돌려 말했지만 그렇다고 진운이 다시 아영을 쓰다듬을 수는 없었다.

진운이 말을 돌렸다.

"그런데 왜 이렇게 혼자 나왔어요?"

중국에서는 아영이 아직 그리 유명하지 않았다. 그래서 알아보는 사람도 거의 없었다.

하지만 아영의 미모가 확실히 주변의 시선을 끌어당기는 것을 증명하듯 이렇게 앉아 있는 중에도 힐끗거리는 눈빛이 끊이질 않고 있었다.

옆에 진운이 있으니 쳐다보고 지나갈 뿐이지 아마 아영 혼자라면 누군가 작업을 걸어도 수백 번은 걸었을 것이다.

그런데도 매니저도 없이 혼자 이런 곳에 나와 있는 것이 이상해서 진운이 물어보자,

"헤헤헤, 사실 광고 촬영이 끝나고 호텔에서 쉬다가 지루해서 잠시 나온 거예요. 저기 보이는 호텔에 묵고 있어요."

아영이 손으로 가리킨 호텔은 아이러니하게도 진운이 검도부원들과 함께 묵고 있는 호텔이었다.

사실 이 공원에서 가까운 호텔이라면 거기 하나뿐이어서 혹시나 했는데 막상 아영이 같은 호텔에 묵고 있다는 것을 알게 되자 진운은 멋쩍은 표정을 지을 수밖에 없었다.

웬만하면 검도부원의 안전 때문에 만나지 않으려고 했는데 이상하게 자꾸 일이 꼬이듯 엮이고 있으니 말이다.

그러다 문득 자신이 갑자기 사라지는 것도 왠지 아니라는 생각이 들었다.

어찌 되었든 검도부의 이번 여행의 핵심은 진운 자신이었으니 말이다.

"왜 그래요?"

진운이 호텔을 보고 말없이 생각에 잠겨 있자 아영이 궁금해하는 표정으로 물었다.

진운은 뭔가 결심한 듯한 표정으로,

"사실… 저는 대학 검도부와 같이 온 거예요."

"검도부요? 저기… 무슨 일로요?"

“칭화대와 교류 차원에서 정기적으로 있는 대련 때문에
요.”

“…진운 씨, 검도 하세요?”

아영은 진운의 말에 그의 능력에 검도라는 것을 배울 필요
가 있나 하는 표정이다.

진운이 그런 아영의 마음을 모를 리 없지만 설명하자면 이
야기가 길어지기에 대충 웃으면서,

“어쩌다 그렇게 됐어요.”

“그래요? 그럼 아까 말은?”

“아, 그건 그냥… 둘러대다 보니 그렇게 된 건데, 미안해
요.”

처음에 검도부에서 사라질 생각을 했던 진운은 아영과 이
야기하다가 생각을 바꾼 것이다.

과연 자기가 사라진 것만으로 검도부가 안전할까?

자신이 중국에 오는 일정까지 모두 알고 있는 일루미나티
이다.

당연히 진운이 갑자기 사라지면 찾을 것이고, 그러다 보면
검도부에도 손을 뻗을 수가 있다.

아니, 이제 와서 생각해 보니 확실히 그럴 가능성이 높았
다.

지금 옆에 있는 김아영이야 정말 우연히 만난 것이고, 국내

에서 인지도가 높은 여배우이기에 굳이 그 녀석들이 위험을 감수하지 않는 한 아영을 건드릴 것 같진 않다.

거기다 만약 아영이 위험할 경우 그녀의 곁에 언제나 머물고 있는 마신이 있기에 진운이 크게 걱정할 정도는 아니다.

사실 아영 본인은 모르고 있는 듯하지만, 그녀의 곁에는 언제나 아스타로트가 배회하고 있었다.

"그래요?"

뭔가 많이 아쉬워하는 아영의 목소리에 진운은 자리에서 일어났다.

"그만 돌아가죠. 지금쯤이면 아영 씨를 찾아 여러 사람이 고생하고 있을 것 같은데 말이죠."

"아, 그야… 그렇죠."

왠지 지금 진운과 헤어지면 또다시 언제 만날지 기약이 없기에 아영은 쉽게 발걸음이 떨어지지 않았다.

하지만 그렇다고 혼자 몰래 나온 상황에 언제까지고 이렇게 있을 수는 없었다.

그나마 진운과 같은 호텔에 묵고 있기에 호텔까지 같이 간다는 것이 그녀에게는 그나마 작은 위로가 되었다.

호텔로 돌아온 아영은 온몸이 땀으로 샤워한 듯한 매니저와 스태프의 모습에 진운과 헤어지는 아쉬움보다 사람들에게 일일이 사과하느라 바쁠 수밖에 없었다.

“후훗.”

큰 소리로 아영을 다그치는 매니저와 그런 매니저에게 사과하는 아영의 모습을 본 진운은 영악한 매니저라고 생각하는 중이다.

매니저가 먼저 크게 화를 내면서 모든 사람이 듣도록 다그치게 되면 다른 사람들은 아영에게 뭐라고 하지 못할 테니 말이다.

그 증거로 얼마나 매니저가 무섭게 다그쳤는지 광고 촬영을 위해 같이 온 감독이 아영을 감싸고돌고 있다.

그 모습을 뒤로하고 진운은 조용히 검도부가 있는 곳으로 돌아왔다.

“어머, 벌써 온 거예요?”

홍지연은 나간 지 얼마 되지 않은 진운이 문을 열고 들어오자 짧은 핫팬츠를 연상시키는 트레이닝복에 민소매 티셔츠 차림으로 늘어져 있다가 벌떡 일어섰다.

“헤헤헤헤, 선배, 잠시만요.”

어색하게 웃으면서 슬그머니 뒤로 가더니 커다란 박스형 티셔츠를 걸쳐 입고는 다시 진운의 앞에 섰다.

“엄청 빨리 왔네요?”

처음 온 사람은 무조건 헤매는 것이 중국의 교통 시스템이기에 홍지연은 내심 진운이 고생 좀 하다가 밤늦게야 돌아올 것으로 생각했는데 나간 지 얼마 되지 않아 돌아오자 놀라서 물어본 것이다.

그런데 그런 홍지연의 물음에 진운은 마땅히 둘러댈 변명이 없는 상황에 번뜩 떠오른 것이 있었다.

"길을 모르겠어. 그래서 다시 온 거야."

"……."

당당하게 길을 몰라서 그냥 왔다는 진운의 말에 홍지연은 순간 할 말을 잃은 듯 멍하니 쳐다보았다.

"…선배, 그걸 말이라고 하는 건 아니죠?"

뻔뻔한 진운의 모습에 홍지연이 기가 막혀서 말하자, 오히려 진운은 왜 그러냐는 듯,

"길을 몰라서 돌아온 건데, 그게 이상해?"

당연히 중국이 처음이기에 길을 몰라서 그냥 왔다는 진운의 말은 객관적으로 하나도 틀린 게 없다.

하지만 조금 전 나갈 때의 진운의 모습을 생각하면 결코 그냥 이렇게 허무하게 돌아올 사람이 아니라는 생각에 곧 한숨을 내쉬었다.

"에휴, 이놈의 팔자가… 편히 쉴 팔자가 아니지."

길을 몰라서 칭화대로 가지도 않고 돌아온 듯한 진운의 모습에 홍지연은 땅이 꺼져라 한숨을 내쉬고는 곧 옆방으로 들어가더니 편한 트레이닝복으로 갈아입고 나왔다.

"가요."

"응?"

"뭐해요. 길을 모른다면서요. 그럼 저랑 같이 가야죠."

뻔한 걸 왜 물어보냐는 듯한 홍지연의 말에 진운은 주변을 둘러보았다.

"다른 사람들은?"

"몰라요. 저도 자다가 선배 때문에 일어나 보니 이러네요. 저 방에서 세상모르고 자고 있는 시연이만 빼고 모두 나갔나 봐요."

"……."

그럴 줄 알았지만 검도부 남자 녀석들은 모두 홍지연과 이시연이 잠들자 몰래 나가 버린 듯했다.

사실 놀기 좋아하는 청춘들이 호텔에 처박혀 있다면 그것도 나름 이상한 모습이지만 말이다.

그러다 보니 진운은 뜻하지 않게 홍지연을 따라 다시 칭화대로 갈 수밖에 없었다.

그때,

끼익.

"누구 왔어?"

흐트러진 머리카락을 손으로 긁적거리면서 문을 열고 나온 이시연은 순간 진운과 눈이 마주치자,

멈칫!

모든 행동이 멈추더니,

쾅!

그대로 문을 거칠게 닫고는 방 안으로 들어가 버렸다.

"이런, 기집애가 아무튼 못 말려요."

홍지연은 원래 잠버릇이 심한 이시연을 잘 알기에 그럴 줄 알았다는 듯 혀를 차면서,

"시연아, 너도 같이 갈래?"

큰 소리로 묻자 문이 살짝 열리고 이시연이 다시 고개를 내밀었다.

"어디 가?"

"진운 선배가 길을 몰라서 되돌아왔잖아. 별수 없이 길을 아는 내가 따라가려고 하는데 어때? 너도 갈래?"

"응!"

홍지연의 말이 끝나기가 무섭게 대답한 이시연은 다시 문을 닫았다.

방 안에서 뭔가 요란하게 쿵쾅거리는 소리가 잠시 들렸다.

10분 뒤 말끔한 모습의 이시연이 문을 열고 나왔다.

"기집애, 아무튼 못 말려요."

홍지연은 일부러 슬쩍 웃으면서 이시연을 일행에 끼워 넣었고 진운도 호텔에 여자 혼자 두기도 뭣해서 같이 가기로

했다.

사실 일루미나티가 혼자 남은 이시연을 노릴 가망성도 어느 정도 있으니 데리고 가는 게 진운으로서는 오히려 맘 편했다.

물론 홍지연은 진운을 좋아하는 이시연의 마음을 알기에 일부러 그렇게 한 것이지만 말이다.

“덥다.”

호텔 입구를 나오자마자 홍지연의 입에서 나온 말이다.

어느 정도 해가 떨어져 더위가 한풀 꺾인 시간이라고는 하지만 그건 시간적으로 그런 것이고 이미 가장 더울 때 달궈진 땅이 몇 시간 지났다고 시원해질 리는 없으니 말이다.

홍지연처럼 대놓고 떠드는 스타일이 아닌 이시연은 말없이 손부채를 부치며 이마에 맺힌 땀방울을 손등으로 조용히 훔치고 있다.

“아, 나온 지 이제 1분도 안 됐는데 벌써 온몸이 땀범벅이네.”

호텔을 나오는 순간부터 홍지연은 간간이 진운을 슬쩍 쳐다보면서 일부러 들으라는 듯 덥다고 연신 투덜거린다.

“여름이니까.”

그러나 진운의 말 한마디에 입이 오리 주둥이만큼 튀어나오더니 입을 다물었다.

사실 지금 진운은 무표정하니 표정에 변화가 없어 보이지만, 그 속을 들여다보면 날카롭게 날이 서 있는 상태나 마찬가지였다.

자신이 만들 수 있는 가장 넓은 감각 영역을 퍼뜨려서 최대한 주변을 살피고 있는 중이다.

그러다 보니 평소에도 무뚝뚝한 편인 진운은 아예 상대가 말을 걸어주지 않으면 전혀 말을 하지 않는 상태가 되어버렸다.

하지만 의외로 진운이 바짝 긴장한 것과 달리 주변에 느껴지는 것이 없었다.

본래 싸움에선 공격하는 사람보다 기다리는 사람이 몇 배나 쉽게 지치게 마련이다.

1분 1초도 쉬지 않고 긴장이 이어지면 당연히 지칠 수밖에 없다.

만약 진운이 마스터가 아니었다면 아마 벌써 녹초가 되어버렸을 것이다.

누군가 자신의 목숨을 노리고 있다는 사실 하나만으로도 정신적으로 스트레스가 극에 달할 텐데 그런 상대를 오히려 기다려야 하는 진운의 속내는 오죽하겠는가.

그나마 마음을 다스리는 것에 경지에 올라 있으니 이 정도 여유가 있는 것이다.

　물론 홍지연은 그런 진운의 속내를 알 리가 없으니 진운 때문에 이 더운 날에 밖으로 돌아다녀야 한다는 것에 불만이 가득했다.

Chapter 02
백호연

“여긴가?”

“네, 여기가 칭화대예요.”

본래 모르면 정말 복잡하지만 알고 나면 가장 간단한 게 바로 길이다.

홍지연의 안내를 받아 진운 일행이 도착한 칭화대의 정문은 의외로 화려하거나 웅장한 느낌은 들지 않았다.

여느 대학과 별다를 게 없다는 느낌이다.

하지만 안으로 들어서서 본관을 지나면서부터 칭화대가 왜 중국에서 북경대와 더불어 쌍벽을 이루는지 알 수가 있었다.

어마어마한 규모와 더불어, 대학 내에 허탕이라는 이름을 가진 호수가 있는데 분위기가 마치 과거 중국으로 넘어온 듯한 느낌이 물씬 풍기는 풍경이다.

그뿐인가?

이교문이라고 해서 과거 칭화대가 사용하던 문을 그대로 보존하고 있었고, 현재 칭화대의 기본이 되는 청화학당도 깔끔하게 보존되어 있는 모습을 볼 수 있었다.

과거의 것을 허물고 깨끗하게 지워 버리는 한국에 비하면 확실히 조금은 색다른 모습이다.

그런데 지금까지 본 것은 아직 시작에 불과했으니,

"지연아, 아직 멀었어?"

아무리 얌전하고 조용한 이시연이라도 살인적인 더위에 한참을 걷다 보니 지친 기색이다.

홍지연은 그런 이시연의 물음에 한숨을 쉬더니,

"아직 반도 안 왔거든. 이래서 내가 오기 싫다고 했던 거야. 거의 가로질러서 끝까지 가야 해. 그곳에 칭화대 검도부가 있거든"

"…그래."

"많이 힘들어?"

홍지연도 내심 시연을 위해서 일부러 끌고 나오긴 했지만 검도로 달련된 몸과 달리 더위를 심하게 타는 것을 알기에 슬쩍 걱정되었다.

"아직은 괜찮아."

말로는 괜찮다고 하지만 홍지연이 본 이시연의 표정은 더위 먹기 일보 직전이라는 것을 한눈에 알 수 있었다.

그렇다고 마냥 쉴 수도 없는 것이, 검도부 문이 닫힐 시간이 앞으로 한 시간밖에 남지 않았기에 더 이상 지체할 수도 없었다.

"그럼 여기서 쉬고 있을래?"

홍지연은 괜히 끌고 나왔다고 후회하면서 이시연을 두고 가려고 물었지만,

"아니. 나 괜찮아. 걱정하지 마."

여기까지 와서 진운이 보는 앞에서 힘없이 허물어지는 모습을 보이고 싶지 않은지 고집을 부리는 이시연이다.

"이런……."

홍지연은 생각해서 데리고 온 것이 오히려 잘못하다가는 애 하나 잡겠다는 생각에 억지로 이시연을 쉬게 하려고 했지만 한번 고집을 세운 이시연이 쉽게 물러날 리 없었다.

잠시 시끄러웠으나 결국 홍지연이 항복하자 조용해졌다.

하지만 이미 땀도 많이 흘리고 더위라면 체질적으로 약한 이시연의 모습은 초췌하기 그지없었다.

스윽~

그때 조용히 이시연의 옆으로 온 진운이 그녀의 등에 손을 대더니 마나를 슬쩍 흘려 넣으면서 부드럽게 그녀의 몸 안에 흩어져 있는 마나까지 정리해 주었다.

"……!!"

놀란 눈으로 진운을 바라보는 이시연이다.

"좀 괜찮아졌죠?"

"네."

그저 진운이 손을 등에 갔다 댔을 뿐인데 갑자기 온몸이 시원해지면서 뜨거웠던 머리까지 정상으로 돌아온 것에 놀란 이시연은 뭐라고 더 물어보고 싶었지만 그저 말없이 웃는 진운의 모습에 차마 입이 떨어지지 않았다.

"가요. 앞에서 입 튀어나온 오리가 눈을 부라리고 있으니까요."

진운은 오는 내내 불만이 가득한 표정의 홍지연을 장난스럽게 보면서 말하더니 먼저 걸어가 버렸다.

"후훗, 네."

이시연도 어떻게 자신의 몸이 갑자기 회복되었는지 모르지만 왠지 모르게 진운이라면 막연히 믿음이 갔기에 더 이상 물어보지 않기로 했다.

그런데 오는 내내 투덜거리긴 했지만 체력 하나는 좋은 건

지 진운과 이시연의 앞에 서서 길 안내를 해주던 홍지연도 지
쳐 버렸는지,

"아, 더 이상은 못 걷겠다. 좀 쉬자."

옆의 벤치에 털썩 주저앉더니 이시연을 향해 손짓했다.

"힘들다며. 이리 와서 좀 쉬어."

"응? 아, 으응, 그래."

진운이 마나를 이용해서 지친 몸을 회복시켜 줬다는 것을
알 리 없는 홍지연이 자기 때문에 쉬는 것처럼 먼저 앉아서
부르는 모습에 옆에 가서 앉긴 했지만 괜히 미안해하는 이시
연이다.

"어라? 너 생각보다 땀을 안 흘렸네?"

"응? 아, 그러네."

"......?"

평소에 홍지연이 알고 있는 이시연이라면 지금쯤이면 지
쳐서 쉬었다 가자는 말에 흐느적거리면서 올 줄 알았는데 생
각보다 쌩쌩하고 옷도 제법 뽀송한 것이 땀도 많이 흘리지 않
은 것 같아 조금 놀랐다.

이시연은 운동신경도 좋고 어릴 때부터 검도를 해서 그런
지 순발력과 기본 근력은 정말 좋은 편이었다.

하지만 집안 대대로 조금 덥다 싶으면 아이스크림이 녹아
내리듯 순식간에 퍼져 버리는 것이 큰 단점이었던 것이다.

　가장 더운 시간은 피한 편이긴 했지만 중국의 여름 온도가 대체적으로 살인적인 경우가 많다 보니 당연히 앓는 소리를 할 것을 예상했던 홍지연은 이시연을 꼼꼼하게 살펴보고는,

"너 체력 많이 좋아졌네?"

"으응……."

　그저 홍지연의 물음에 애매한 대답밖에 할 수 없는 이시연이다.

　하지만 그런 둘의 모습을 지켜본 진운은 잠시 생각해 보았다.

　이시연은 이미 진운이 마나로 한번 몸을 회복시켜 줘야 할 만큼 체력이 많이 떨어져 버렸고, 홍지연도 겉으로는 별것 아닌 것처럼 말하지만 사실 몸 안의 마나가 매우 불규칙적으로 움직이는 것이 진운의 눈에 모두 보였기에 고민이 되었다.

　사람이 피곤한 것은 의학적으로나 과학적으로는 근육의 피로도에 의해서 이루어지는 것이지만 진운은 그런 지식이 아니라도 마나의 적응과 각성으로 인해 사람의 몸 상태가 어떤지 마나의 흩어짐 정도로 알아볼 수 있었다.

　그런 진운의 눈에 홍지연도 이미 살짝 더위를 먹은 듯 그녀의 몸의 마나가 많이 흩어져 있다.

　안전도 중요하지만 그보다 여기서 검도부만 가면 끝나는 게 아니라 다시 왔던 길을 되돌아가야 하기에 그녀들의 체력

도 생각해야 했다.

진운은 어쩔 수 없이 홍지연을 보면서,

"검도부가 얼마나 멀지?"

"검도부요? 그냥 이 길로 쭉 직진하다 보면… 저기 보이죠? 시커먼 건물, 저거 바로 뒤에 있을 거예요. 검도부가 만들어진 후로 계속 그 자리니까 찾기는 쉬울 거예요"

홍지연의 손가락을 따라 시선을 던진 진운은 대충 거리를 재어보니 자신의 감각 영역 안쪽이다.

"그럼 여기서 좀 쉬고 있어. 나 혼자 갔다 올 테니까."

워낙에 성격이 남자답다고 해야 할까?

세심한 편이 아니기에 겉으로 드러나지 않을 뿐이지 이미 한계에 다다른 홍지연과 가는 동안 언제든지 다시 지쳐 버릴 수 있는 이시연을 데리고 검도부까지 가는 것은 왠지 너무한다는 생각이 들었다.

물론 자신의 감각 역영 안에 이 두 사람이 있다는 것도 어느 정도 진운이 안심하고 혼자 다녀오겠다고 하는 이유이기도 했다.

냉정하게 생각해서 적(일루미나티)에게 이 홍지연과 이시연의 가치는 진운을 끌어내기 위한 인질로서의 가치 그 이상도 그 이하도 아니다.

즉, 최소한 이 두 사람을 두고 간다고 해도 목숨에는 위험이 없다는 것이고, 자신의 감각 영역에 뭔가 이상이 잡혀도 마나를 최대한 활성화시킨다면 곧장 찾아올 수 있다는 자신 감도 어느 정도 한몫하고 있기도 했다.

자신도 모르게 진운은 자신의 능력 안에서 합리적으로 생 각하기 시작하고 있었다.

무엇보다 명색이 검도를 거의 수년 동안 해온 경력이 있는 데 최소한 반항 정도는 하겠지 하는 생각도 어느 정도 밑바탕 에 깔려 있다.

지금 잠깐 떨어져 있는 게 나중에 지치고 더위까지 먹어 오 가지도 못하는 여자 둘을 데리고 가는 것보다는 낫다는 게 진 운의 계산이다.

진운의 입장에서 보면 지극히 논리적이기도 하면서, 지금 의 상황에선 가장 합리적인 방법이었다.

"뭐, 이제 와서 생각해 주는 것이 조금은 속보이긴 하지만 선배가 그래준다면야……."

진운의 눈에도 훤히 보일 만큼 마나가 흩어져 휴식이 필요 했던 홍지연은 못 이기는 척 벤치에 엉덩이를 더 깊게 묻으면 서 아주 편한 자세로 바꿔 앉는다.

하지만 이시연은 벌떡 일어서더니,

"전 괜찮으니까 따라갈게요."

하고 따라나설 기세다.

그러나,

덥석!

"시연아, 네가 따라가면 나 혼자 여기서 뭐하라고. 너도 여기서 쉬어야 나도 좀 쉬지."

뜻하지 않게 이시연이 따라붙을 뻔한 것을 홍지연이 막아주었다.

"그래?"

이시연은 그래도 내심 진운을 따라가고 싶은 마음이 컸지만, 친구가 잡는 손을 차마 뿌리칠 수 없어 조용히 앉았다.

다만 앉으면서 실망스런 표정을 숨기지 못하는 이시연의 귓가에 슬쩍 다가온 홍지연이 속삭였다.

"내가 나중에 어떻게든 둘만의 시간을 만들어줄 테니까 이번은 좀 쉬자. 나도 지쳤어."

그제야 웬만하면 약한 소리 하지 않는 그녀의 성격을 알고 있기에 생각보다 많이 지쳐 있었다는 것을 깨달은 이시연은,

"그, 그런 건 아니야. 얘도 참⋯⋯."

순간 자신의 마음이 들킨 듯 얼굴이 붉어진 이시연이 결국 다시 앉았다.

"그럼 가서 인사만 하고 올 테니까 쉬고 있어. 다시 왔던 길을 되돌아가려면 피곤할 테니."

"네, 선배."

홍지연이 얼른 다녀오라고 손까지 흔들면서 진운을 보내
주었다.

＊　　　＊　　　＊

이미 복잡하고 헷갈릴 만한 곳은 홍지연과 함께 지나와 진
운은 그저 일직선으로 걸어가기만 하면 되기에 찾아가는 것
에는 별 문제가 없었다.

슬쩍～

그래도 혹시나 하는 마음에 고개를 돌려보니 제법 먼 거리
였지만 벤치에 완전히 늘어져 버린 홍지연과 그녀의 머리 쪽
에서 물에 적신 손수건으로 열을 식혀주는 이시연의 모습이
보였다.

"뭐 크게 걱정할 건 아니네."

진운의 감각에 홍지연의 마나가 빠르게 제자리를 찾아가
는 게 느껴졌기에 둘을 쉬게 한 자신의 판단이 옳았다는 것을
다시 한 번 생각하면서 조금 걷다 보니 홍지연이 말한 건물이
보였다.

"여기 뒤쪽이랬지."

쭉 뻗은 길에 건물이라고는 달랑 하나 있다 보니 찾는 것은
너무나 쉬웠다.

살짝 옆으로 꺾어 건물 옆으로 몇 걸음 걷다 보니 한눈에도 검도부라는 느낌이 물씬 풍기는 단층짜리 건물 하나가 나왔다.

학교의 끝을 알리는 커다란 담벼락 바로 앞에 목재로 만들어진, 조금은 주변과 어울리지 않는 듯하지만 검도 도장 특유의 느낌이 물씬 풍기는 건물이 금방 눈에 띄었다.

일반 건물에 만들어진 S대 검도부와 달리 뼈대부터 목재로 건물 전체를 지은 것을 보면 오로지 검도 도장 용도로 만들어진 것을 굳이 의심할 필요도 없을 정도였다.

덕분에 첫인상부터 S대 검도부와 살짝 비교되는 것은 어쩔 수 없었다.

찌릿.

"……?"

검도 도장을 향해 완전히 꺾어 돌아 진운이 걸음을 몇 걸음 뗐을까?

갑자기 진운은 온몸을 무언가 투명한 막이 스치듯 지나가는 느낌을 받았다.

본능적으로 방금 그 느낌에 마나의 향기를 느낄 수 있었던 진운은 즉각 걸음을 멈추고 시선을 돌려 한곳을 바라보았다.

거의 2미터는 넘어 보이는 커다란 키와 함께 옷 속에 감춰진 근육이 금방이라도 꿈틀거리면서 튀어나올 듯한 모습의 남자가 진운을 똑바로 쳐다보고 있다.

진운도 키가 작은 편이 아니지만 멀리서 봐도 감탄이 절로 나올 만큼 압도적인 덩치에 눈빛 또한 상대를 제압할 듯 강한 느낌을 받은 진운은 순간 맞서려고 하다가 곧 생각을 바꿔 마나를 이용해서 슬쩍 기운을 흘려 버렸다.

"……!"

진운이 자신의 기운을 자연스럽게 흘리는 것을 본 남자는 곧장 진운에게 다가오더니,

"너 누구냐?"

다짜고짜 진운에게 다그치듯 묻는다.

온몸에 마나를 잔뜩 활성화시킨 상태로 어떻게 보면 금방이라도 덤벼들 것 같은 분위기였지만 진운은 웃으면서,

"정진운입니다."

능숙하게 중국어가 진운에게서 튀어나오자 조금은 놀란 듯한 눈동자가 살짝 떨리더니,

"정진운……. 그럼 한국이겠군."

이름만 듣고 정확하게 진운이 한국 출신이란 것을 알아맞힌 그의 모습에 여전히 웃는 얼굴로 진운은 고개를 끄덕였다.

"쳇, 또… 한국이었어."

갑자기 진운이 한국 사람이라는 것을 알고 나서 투덜거리듯 한마디 내뱉고 나자 진운을 위협하던 기운이 순식간에 사

라져 버렸다.

'마스터!'

진운은 마나를 이렇게까지 능숙하게 다루면서 전혀 위화감이나 몸에 부담이 없다는 것 하나만 보고서도 지금 눈앞의 커다란 덩치의 남자를 마스터로 생각할 수밖에 없었다.

다만 지금까지 마스터라면 자신 혼자라고 생각했던 진운에게는 약간은 의외의 일이다.

딱히 적이라는 느낌이 들지 않는 조금은 특이한 사람.

"쩝, 아직 한국 쪽에 국가 공인 마스터가 등록됐다는 말을 듣지 못했으니… 너도 현중과 같은 녀석이겠군. 괴물이 하나 갔다고 생각했더니 또 다른 괴물이 나타났구먼."

"현중? 괴물?"

뜬금없이 처음 듣는 이름이 나와 진운이 고개를 갸웃거리자 거구의 남자는,

"표정이나… 눈빛이 너무나 닮았단 말이야. 그 녀석과."

"……?"

진운이 알아듣지 못할 말을 계속 중얼거리면서 급기야 진운의 얼굴을 찬찬히 뜯어보기까지 하는데, 초면에 이 정도면 실례도 보통 실례가 아닌 행동을 서슴없이 하고 있다.

그런데 이상하게 그런 그의 행동이 딱히 기분 나쁘거나 하진 않아 진운은 우선 그가 하는 대로 가만히 놔두기로 했다.

“혹시… 너 김현중의 제자냐?”

아까부터 계속 김현중이라는 이름을 언급하자 진운은 단호하게,

“전 그런 사람 모릅니다.”

“그래? 이상하네. 분위기랑 눈빛이 완전 그 녀석을 쏙 빼닮았는데 말이야. 거기다 너 마스터지?”

마스터가 마스터를 알아보는 건 너무나 자연스러운 일이기에 진운이 곧바로 고개를 끄덕이자,

“거봐. 역시 마스터지. 설마 그 녀석, 떠나면서 몰래 남겨 둔 것은 아닌지 몰라.”

“저기… 누구신지 모르지만, 아까부터 자꾸 김현중이라는 사람과 절 연관시키는데 전 그런 사람 모릅니다. 그리고 제게는 따로 스승이 있습니다.”

엘프에 여자이긴 하지만 확실히 레이나가 진운에게 스승이긴 했다.

“그래? 마스터에 오른 녀석이 거짓말을 할 리는 없지. 쩝, 하지만 너무 닮았단 말이야.”

진운이 아니라고 몇 번이나 말하는 데도 끝까지 진운과 김현중을 연관시키는 그의 모습에 결국 진운은 입을 다물어 버렸다.

보통 저런 성격의 사람은 남의 말을 잘 듣지 않는 편이기도

하지만, 스스로 뭔가를 이룬 사람들은 자기 고집이 매우 강했다.

특히나 초면에 이 정도 무례를 할 정도면 맞서봐야 싸울 게 뻔하니 진운은 아예 입을 다물어 버린 것이다.

"음, 너무 닮았어. 꼭… 현중과 마리아를 섞어놓은 느낌이란 말이야."

역시나 진운의 판단이 맞았는지 진운이 굳이 대꾸하지 않아도 혼자 중얼거리며 계속 진운을 뜯어보고 있다.

"전 볼일이 있으니 이만 실례하겠습니다."

이런 사람에게 붙잡혀 있는 건 시간낭비라고 생각되어 진운이 몸을 돌려 가려고 하자,

"잠깐!"

"네?"

또 불러 세우는 그였다.

"너 정말 김현중을 몰라?"

"아, 정말 전 그런 사람 모릅니다."

"정말 몰라?"

"정말 몰라요!!"

결국 욱하는 마음에 몸 안의 마나가 급격하게 활성화되면서 살기까지 진운의 몸에서 뿜어져 나오고 나서야,

"이크!! 그놈 성격 하고는. 아니면 아니지, 성질은. 쩝."

진운이 갑자기 강하게 나오자 슬쩍 한발 물러서는 모습을
보인다.

"전 이만!"

결국 더 이상 상대할 가치가 없다고 판단한 진운이 완전히
몸을 돌려 다시 걸어가려고 하자,

"난 백호연이다. 중국의 국가 공인 마스터라는 직책을 하
나 가지고 있지."

멈칫!

"국가 공인 마스터?"

백호연의 말에 진운은 다시 걸음을 멈추더니 슬쩍 고개를
돌려,

"아까 말한 김현중이라는 사람도 국가 공인 마스터였습니
까?"

"뭐? 어림없는 소리. 그 괴물이 무슨……. 그놈은 괴물이
지, 괴물. 뭐 지금은 떠나고 없지만 지구상 최강의 괴물이라
고 해도 과언이 아니지."

"떠나… 요?"

"그래. 아들과 마누라를 데리고 떠났어. 찾지 못하는 곳으
로 말이야."

"아들? 혹시 절 그 김현중 씨와 함께 떠난 아들로 착각하신
겁니까?"

순간 진운이 간단하게 왜 그토록 집요하게 자신을 김현중과 연관시키는지 약간은 이해가 되는 느낌에 물었다.

"뭐… 사실은 조금 그런 것도 있지. 너무나 느낌이 비슷해서 말이야. 특히나 네 눈빛이 그 녀석이랑 너무나 똑같거든."

결국 성격이 이상한 것이 아니라 백호연이 착각한 것뿐이라는 것이 밝혀지자 진운은 한숨을 내쉬면서,

"그 현중이라는 분이 언제, 몇 살짜리 아들을 데리고 떠났습니까?"

"응? 가만… 보자. 10년 전에 한 살짜리 아들이었지, 아마?"

"……."

현재 진운의 공식 나이는 스물여섯이다.

백호연이 착각한 아들은 아무리 많이 쳐도 겨우 열한 살이다.

결코 있을 수 없는 계산이 나오자 진운은 한숨을 쉬면서,

"지금 제 나이가 스물여섯 살입니다. 10년 전이면 전 무조건 아니군요. 그렇지 않습니까?"

"뭐, 그건 그렇지."

초등학교에서 배우는, 아니, 요즘은 학교 가기 전에 간다는 놀이방만 다녀도 간단하게 할 수 있는 숫자 계산만 해봐도 진운은 무조건 아닌 것이 확실했다.

하지만 백호연은 뭐가 그리 아쉬운지 진운에게서 시선을 떼지 못하고 있다.

"아, 그놈이 대동그룹을 버리고 떠날 때 다시 돌아올 생각이 없다는 것은 알고 있었지만… 쩝."

"대동그룹?"

순간 진운의 머릿속에 스치듯 지나가는 것이 있었다.

현재까지 국내 1위 기업이라는 타이틀과 함께 세계적으로 네임 브랜드 가치 1위를 달리는 유일한 아시아 기업군.

그것이 바로 대동그룹이었다.

"설마 김현중이라는 사람이 대동그룹의… 김현중 전 회장을 말하는 겁니까?"

"어라? 알고 있네?"

"한국 국민이면 대부분 아는 이름입니다."

또다시 백호연이 현중과 자신을 연결시키려는 듯한 눈치를 보이자 아예 단칼에 잘라 버렸다.

"하긴 그놈이 워낙 유명했어야지. 그보다 너, 스승이 누구냐?"

"제가 그걸 왜 대답해야 합니까? 처음 보는 분에게."

"쩨쩨하게 굴기는. 젊은 녀석이 성격까지 그 녀석을 빼다박았구먼"

"그만 좀 하시죠. 초면에 이미 이 정도면 도를 넘었다고 생

각합니다. 더 이상 자꾸 김현중과 저를 연결시키시면 저도 참
지 않습니다."

　진운이 결국 참지 못하고 한마디 하자 백호연은 살짝 한발
물러서면서,

　"그래, 그래. 뭐 그 녀석 성격에 제자를 키운다는 건 상상
할 수조차 없으니 내 착각이겠지."

　결국 진운이 협박까지 하고 나서야 겨우 납득하는 백호연
이었다.

　하지만 도대체 김현중이 누구기에 중국의 국가 공인 마스
터라는 백호연과 친분이 있는지는 진운으로서도 알 길이 없
었다.

　뭐 인연이 닿는다면 물어볼 수도 있겠지만 백호연의 말과
같이 갑자기 연기처럼 사라져 버렸기에 찾을 수도 없는 사람
이다.

　머리만 아프다는 생각에 진운이 고개를 저으면서,

　"더 이상 절 잡지 말아주셨으면 합니다."

　칼바람이 부는 듯한 냉정한 진운의 말에 백호연도 웃으면
서,

　"그래, 잘 가. 아, 혹시 한국에 가거든 국가 공인 마스터 그
거 하지 마라. 선배로서 충고야."

　"네, 그럼."

얼른 헤어지고 싶은 마음에 급히 고개를 돌려 버린 진운은 등 뒤로 멀어져 가는 백호연의 마나의 기척을 느끼자 절로 한숨이 나왔다.

“뜬금없는… 사람이 나타나 버렸군. 하지만 국가 공인 마스터라…….”

대륙이야 본래 마스터가 존재하는 곳이다.

하지만 지구에서 진운은 마스터, 혹은 그에 버금가는 존재들을 아직 제대로 본 적이 없다.

그래서 지구에는 마스터가 없다고 생각했는데, 우연이지만 이제 마스터의 존재를 알게 되었다.

거기다 국가 공인이라는 타이틀까지 있는 것을 보니, 대륙처럼 국가 차원에서 관리되는 개념이 있음을 알게 된 작은 수확이었다.

다만 그다지 유쾌하지 않은 첫 만남 때문인지 또다시 백호연은 만나고 싶지 않았다.

“하지만 강해.”

마스터는 굳이 서로 겨루지 않아도 마나 영역으로 서로의 무력을 가늠할 수 있는 특별한 기술이 있다.

진운이 아까 욱하는 성질에 마나를 활성화시켜 백호연의 마나를 아주 짧은 순간 느껴본 결과, 결코 진운보다 약하다는 생각이 들지 않을 만큼 강자였던 것이다.

막상 붙어보면 또 어떻게 될지 모르지만 마나 영역의 대결만으로는 백호연이 만만치 않다고 생각되었다.

그리고 백호연이 계속 자신과 연관 지으려고 하던 김현중이라는 사람도 왠지 계속 마음에 걸리기 시작했다.

"김현중이라……."

백호연이 다시 오기 힘든 곳으로 떠났다고 말하기에 처음에는 죽었을 거라고 생각했는데 마누라와 한 살짜리 자식까지 데리고 떠난 사람이 죽었을 리는 없다.

도대체 어디로 떠났는지 조금은 아리송하다.

"설마… 나처럼 차원을 넘은 건 아니겠지."

진운도 마신의 힘을 게티아로 발현하여 차원의 문을 연다.

일반인이 차원의 문을 연다는 것은 거의 제로에 가까운 확률이라 스스로 생각하고서도 피식 웃어버렸다.

사람은 자신이 아는 상식과 경험을 기본으로 생각한다는 말이 맞는 듯 진운은 다시 돌아오기 힘든 곳으로 떠났다는 말에 순간 차원 이동을 생각했던 것이다.

"그런데 그렇게 닮았나?"

실제로 본 적은 없지만 어린 시절 티브이에서 자주 본 적이 있기에 김현중의 얼굴은 알고 있었다.

특히나 김현중의 결혼식은 세상을 떠들썩하게 했으니 말이다.

　무엇보다 돌연 모든 것을 버리고 사라진 것을 두고 한때 세상이 시끄러운 적도 있지만 그것도 세월이 흐르면서 사람들의 기억 속에 잊힌 기록일 뿐이다.

　진운도 그냥 그런 사람이 있었구나 하는 정도로 기억하고 있으니 말이다.

　그런데 문제는 조금 전에 만난 백호연에게는 진운과 달리 추억으로 보이지 않는다는 것이 조금 다르다면 달랐다.

　“죽었는지 살았는지도 모르는 사람인데…….”

　본래 누군가 갑자기 사라지면 처음에는 논란이 되지만 그게 시간이 흐르면 나중에는 죽은 사람으로 기억되는 게 대부분이다.

　그 증거로 진운 본인도 본래 진운의 신분을 언제 되찾을지 모르는 상황이니 말이다.

　다만 백호연의 진운과 김현중이 닮았다는 말이 이상하게 뇌리에 남을 뿐이다.

Chapter
03
자만심

“…….”

　백호연과 헤어지고 검도부로 곧바로 온 진운은 시간상 한참 죽도를 휘두르는 소리에 시끄러워야 할 검도 도장이 너무나 조용한 것이 이상했다.

　그래서 사람이 없는 줄 알고 되돌아가려다 감각에 누군가 있는 것이 느껴져 일단 들어왔다.

　최소한 검도부 쪽 사람이라면 자신들이 왔다는 연락을 취해야 하는 것이 예의였기에 이대로 그냥 돌아갈 수도 없어 들어오긴 했는데, 막상 들어와 보니 검도복을 입은 사람은 하나

도 없고 깔끔한 슈트 차림의 금발의 남자가 서 있는 게 아닌
가?

"여~!"

"……?"

생전 처음 보는 외국인이 자신을 향해 반갑게 웃으면서 인
사하는 모습에 진운은 얼떨결에 손을 들어 인사를 받았다.

"영어 할 줄 알지?"

"그렇습니다만, 검도부원이십니까?"

진운이 보기에는 검도를 할 사람으로 보이지 않았지만 아
무도 없는 검도부에 홀로 있다는 것에 혹시나 해서 물어본 것
이다.

"나? 노노. 이따위 허접한 작대기를 휘두르는 짓을 할 리가
없지."

"그렇군요."

검도를 조금이라도 아는 사람이라면 죽도를 절대로 작대
기라 표현하지 않는다는 것을 잘 알기에 대답을 듣는 순간 눈
빛이 날카롭게 변하기 시작했다.

검도부원도 아니고 검도를 아는 사람도 아닌데 이곳에 있
다는 것은 누가 봐도 어색했으니 말이다.

거기다 이상하게 자꾸 알 수 없는 무언가가 경고를 보내는
것 같은 느낌이 들기 시작했다.

"이런, 이런. 감각 하나만큼은 기가 막히는군. 정호식의 아들… 정진운."

"……!!"

쾅!!

정말 찰나의 순간,

진운이 서 있던 검도 도장의 입구의 문이 산산조각이 나면서 폭발해 버렸다.

금발의 남자 입에서 정호식과 정진운의 이름이 나오자마자 진운의 몸에서 폭발적으로 마나가 활성화되었다.

폭발이 가라앉을 때쯤, 순식간에 수 미터나 되는 거리에 있던 진운은 금발의 남자 앞에 서서 주먹을 뻗고 있었고, 금발의 남자는 그런 진운의 주먹을 한 손으로 막고 있다.

마나의 적응과 각성까지 끝낸 진운만의 특기이자 대륙의 마스터조차 애들 수준으로 만들어 버릴 만큼 마나를 다루기에 가능한 기술이 바로 방금 보인 기술로, 찰나에 일정 거리를 0으로 만들어 버린 것이다.

검을 다루는 이들에게 검격 공간이란 자신만의 절대 영역이기도 하지만, 대신 검의 길이에 공간이 좌우되는 치명적인 약점이 있다.

하지만 진운에게는 순간 대시 능력이 있기에 그런 것조차 무용지물이 되어버린 것이다.

그런데 비록 검이 아니라고 하지만 진운의 주먹을 막았다는 것은 결코 있을 수 없는 일이다.

"너… 마스터냐?"

진운은 자신의 주먹을 막았다는 것과 조금 전 백호연을 만났기에 가장 가능성이 높은 질문을 던졌다.

"크크크크큭. 나를 그깟 저급한 녀석들과 비교하다니 너무 섭섭한걸. 그리고… 이대로 계속 내 손에 주먹이 있으면 위험할 텐데…….."

화르륵!!

찌잉!!

놀랍게도 진운의 주먹을 잡고 있던 남자의 손에서 갑자기 불꽃이 피어올랐고, 그와 동시에 진운의 손에 끼워져 있던 게티아에서 강렬한 신호가 왔다.

하지만 당장은 게티아의 신호보다 주먹을 타고 빠르게 퍼지려 하는 불꽃 쪽이 먼저였다.

확!

힘으로 뿌려친 진운이 급히 뒤로 간격을 벌렸다.

진운이 남자의 손에서 벗어나자마자 불꽃은 더더욱 강하게 타올랐다.

"크크큭, 거봐. 내가 위험하다고 했잖아."

화르르르륵!!

진운은 남자의 말보다 꺼지지 않는 자신의 오른팔의 불꽃을 한번 쳐다보곤,

"합!!!"

순간적인 기합과 함께 마나를 팽창시켜 불꽃을 날려 버렸다.

그리고 불꽃이 사라지는 것과 동시에 강렬히 신호를 보내던 게티아의 반응도 작아지기 시작했다.

"호! 대단한데?"

"칭찬으로 듣지."

오히려 남자의 말을 진운이 그대로 받아들이자 그게 더 기분 나빴는지,

"젊은 혈기인가? 크크큭, 겨우 그깟 포스를 조금 사용할 줄 안다고 기가 살아 있는 모습이라니."

화르륵!! 화륵!!

찌잉!!

남자의 양손에서 불꽃이 피어오르는 순간 또다시 진운의 손가락에 끼워져 있는 게티아가 강렬하게 반응했다.

진운은 그의 힘의 원천이 마신이라는 것을 확신할 수밖에 없었다.

다만 현재 진운이 알고 있는 두 명의 마신을 제외한 남은 70마신 중 누군지 모를 뿐이다.

하지만 불꽃이 강해지면 강해질수록 게티아의 반응이 강해지는 것을 보면 힘을 쓸 때마다 신호만 주었던 김아영의 경우와 달리 스스로 마신과 계약했을 가능성이 높아 보였다.

"참 아름답지 않아?"

자신의 주먹을 감싸고 있는 불꽃을 보면서 남자의 표정이 이상하게 변하는 모습을 본 진운은 하나만은 확신했다.

'미쳤군.'

자기 손의 불꽃을 보면서 아름답다고 하는 놈이 정상일 리는 없으니 말이다.

그리고 확실히 저 불꽃이 진운에게는 위협적이긴 했다.

사실 게티아가 있는 한 진운은 마신에 관해서는 완벽하게 면역을 가지고 있다고 해도 과언이 아니다.

그만큼 게티아가 마신을 봉인하는 용도로 만들어졌을 뿐만 아니라 마신의 힘을 완전히 제압하고 무효화시키는 특성을 가지고 있으니 말이다.

하지만 머피의 법칙인지, 아니면 진운의 생각 없는 판단에 대한 대가인지 게티아가 최소한의 힘만 두고 스스로를 보호하기 위해 봉인해 버린 상태이다.

그렇다 보니 현재 진운의 손에 끼워진 게티아는 마신 탐지기와 아공간을 여는 기능 외에는 그 어떤 것도 할 수 없었다.

따라서 남자의 불꽃이 진운의 몸에 닿아도 꺼지지 않고 타오를 수 있기에 어떻게 보면 진운에게 불리한 상황이기도 했다.

"가는 날이 장날이라더니… 젠장."

방금 불꽃이 꺼지지 않는 모습을 보고, 진운도 게티아가 마신의 힘에 대한 면역 능력이 없다고 판단 내린 상태이다.

상대는 꺼지지 않는 불꽃을 다루는 능력자, 진운은 마나를 사용해 초인의 능력을 얻은 인간이다.

어떻게 보면 비슷한 초인 같지만 실상 불과 맨손이 붙는 아주 간단한 구조가 만들어지기에 절대적으로 진운에게 불리할 수밖에 없다.

물론 활성화된 마나를 이용하면 불꽃이야 얼마든지 꺼뜨릴 수 있지만 아무리 진운이라도 불을 끄기 위해서는 어쩔 수 없이 빈틈이 생길 수밖에 없었다.

하지만 상대가 그걸 기다려 주지 않을 것이 뻔하기에 결국 진운은 애초에 그럴 여유조차 주지 않는 방법밖에 없다고 판단했다.

"하아아압!!"

대륙의 마스터보다 더 강한 녀석을 상대로 여유를 부릴 입장도 아니었고 여유도 없는 진운이기에 몸 안의 마나를 최대한 끌어올려 활성화시켰다.

"선수필승(先手必勝)!"

스팟!

또다시 사라졌다.

하지만 진운이 자신의 시야에서 사라졌는데도 남자는 너무나 여유로운 미소를 짓더니,

"한번 해보고 안 통하면 깨달을 줄 알아야 하는데 말이야."

나직하게 한마디 하더니 돌연 오른쪽 허공을 향해 주먹을 휘둘렀다.

쾅!!

화르륵!!

"크윽!!"

놀랍게도 허공에 휘두른 그의 불꽃 주먹을 진운은 가까스로 막아냈다.

하지만 그사이 불꽃이 옮겨 붙어버리는 바람에 별수 없이 뒤로 물러날 수밖에 없었다.

"총알마저 감지하는 감각을 가지고 있어도 그걸 사용하는 녀석이 멍청해서는 결국 똑같은 거지. 안 그래?"

"……"

보통의 불꽃이라면 크게 거슬릴 것도 없지만 문제는 닿기만 하면 옮겨 붙어버리니 골치 아플 수밖에 없었다.

"맨손으론 안 되겠어."

결국 옮겨 붙는 불꽃 때문에 진운은 허공에 손을 뻗어 칼라

드볼그를 꺼냈다.

"그거였군."

금발의 남자는 진운이 허공에서 칼라드볼그를 꺼냈지만 별로 놀라는 기색이 아니다.

이미 영상으로 보았기에 신기하다기보다 칼라드볼그를 꺼낸 뒤 진운의 눈빛이 변했다는 것에 더욱 흥미를 보였다.

칼라드볼그를 손에 쥐자 흥분했던 진운의 분위기가 빠르게 가라앉고 있다는 것을 느낄 수 있었으니 말이다.

"…검을 사용하는 게 본 실력이겠군."

보통 어느 경지를 이룬 초인은 당연히 자신만의 무기나 기술이 있게 마련이다.

그도 그것을 알기에 일부러 진운을 약 올리면서 기다려 준 것이다.

지금까지 자신의 경험으로 억지로 상대의 주특기를 끄집어내기보다 이렇게 압도적인 힘을 보여주는 게 더욱 재미있는 싸움이 된다는 것을 알기에 일부러 진운을 압박했는데 그 결과가 지금 나타나고 있었다.

"후우."

진운도 칼라드볼그를 쥐자 자신도 모르게 마음이 차분해지는 것을 느낄 수 있었다.

자신이 수련하면서 손에 쥐었던 것이 검이라서 그런지는

모르지만 확실히 꺼내서 쥐는 순간 머리가 우선 차갑게 식어 냉정해졌다.

"내가… 페이스에 말렸군."

진운은 냉정하게 자신을 돌아볼 수 있었고, 얼마나 바보 같은 공격을 했는지 금방 깨닫게 되었다.

"몸에 익었던 건가. 지금까지의 싸움이."

강자다운 강자를 상대로 싸운 적이 없는 진운은 자신도 모르게 일격에 힘을 실어 공격하는 것이 하나의 버릇처럼 되어버린 것이다.

물론 지금까지는 진운의 공격을 버텨낼 재간이 있는 녀석이 없었기에 그리 문제가 되진 않았다.

아니, 오히려 선수필승이 뭔지 확실하게 보여주는 진운의 공격은 최적의 선택이기도 했다.

하지만 지금 눈앞에 있는 녀석은 자신과 비슷하거나 아니면 조금 더 위일 수도 있는 강자이다.

강자에게 선수필승은 때론 독이 되는 법이다.

특히나 상대는 꼭 죽여야 한다는 각오도 없는 공격을 그냥 맞아줄 만큼 호락호락한 녀석이 아니다.

"후우움!"

숨을 깊이 들이마시고 천천히 내쉰 진운은 적이 눈앞에 있지만 천천히 눈을 감았고, 신기하게도 녀석은 그걸 그냥 지켜보고만 있다.

그리고 몇 초 뒤 진운이 눈을 떴을 때,

번쩍!

순간 눈에서 안광이 뿜어져 나오는 듯한 착각을 일으킬 만큼 완전히 달라진 눈빛의 진운이다.

"이제부터가 진짜지. 크크큭."

완전히 가라앉은 분위기에 안정을 찾은 진운의 눈빛을 본 녀석은 오히려 좋아하면서,

"흐아아아악!!"

힘을 끌어 모으기 시작하자 양손의 붉은색 불꽃이 점점 파랗게 변했다가 선명한 진홍빛으로 화했다.

거기서 그치지 않고, 주먹을 감싸고 있는 불꽃뿐만이 아니라 금발이던 머리카락도 불꽃과 같이 진홍빛으로 변했다.

머리카락과 주먹의 불꽃 색이 너무나 닮아서 마치 살아 있는 불꽃으로 착각할 만큼 변해 버린 그는 이가 보이게 환하게 웃어 보였다.

"정진운, 죽어서도 기억해 둬라. 내 이름은 테칸. 일루미나티에서 진홍의 사신으로 불리는 인디고 능력자다."

라고 말하더니 마치 얼음 위를 미끄러지듯 부드럽게 움직였다.

그렇게 빠른 것도 아닌데 눈 깜빡할 사이에 그가 어느새 진

운의 앞에 도착해 버렸다.

"어느새!!"

쾅!!

"크윽!!"

잔상조차 남기지 않을 만큼 빠르게 움직여 상대를 공격하는 진운과 완전 반대의 움직임을 보인 테칸의 모습에 미처 대처하기도 전에 날아든 진홍빛 불꽃을 급히 칼라드볼그로 후려쳐서 막았다.

"어때? 할 만하지?"

테칸의 방금 움직임을 직접 눈으로 본 진운은 순간 아찔했다.

눈에 뻔히 보였고 어디로 공격하는지 확인까지 했지만 피할 수가 없었다.

아니, 피하려고 했지만 순간 보이지 않는 줄이 옭아맨 것 같은 느낌을 받았기에 결국 칼라드볼그를 휘둘러 불꽃을 막을 수밖에 없었던 것이다.

하지만 이제부터 시작이었다.

쾅!!

쾅쾅쾅!!

"…그거였군."

첫 공격에 당황했는지 공격할 때마다 칼라드볼그로 막으

면서 불꽃이 옮겨 붙지 않도록 몸을 사리던 진운은 연속으로 불꽃을 막았을 때 어째서 테칸의 주먹을 보고서도 피할 수 없었는지 실마리를 잡을 수가 있었다.

"공기의 흐름을 조절하는 거였어. 젠장."

조금만 생각하면 금방 알 수 있는 것이다.

다만 상식적으로 생각했을 때 도저히 있을 수 없는 일이기에 속절없이 당했던 것이다.

뜨거운 공기는 위로 올라가고 차가운 공기는 아래로 내려온다는 것은 이미 초등학교 때 배운 아주 기본적인 상식이다.

다만 이 기본적인 상식을 바탕으로, 테칸은 자신이 만들어낸 불꽃으로 공기의 흐름을 조절할 수 있다는 것이다.

공격할 때 테칸의 불꽃은 순간적이지만 엄청난 온도로 올라가면서 자연스럽게 공기를 회전하게 만들어 버린 것이다.

그리고 주변의 공기가 급격하게 움직이면서 진운의 몸을 오히려 테칸 쪽으로 끌어당기는 역할을 했기에 진운은 피하려는 순간 등 뒤의 공기에 밀려 피할 수가 없었던 것이다.

"오, 빠른데?"

테칸도 불과 몇 번 부딪친 것만으로 지금 자신이 쓴 기술의 비밀을 알아차린 진운을 보고는 감탄했지만 그것이 전부였다.

안다고 피할 수 있는 것이 아니니 말이다.

상대가 알고 피할 수 있는 수준을 넘어서는 불꽃을 만들어 더욱더 강하게 공기의 움직임을 조절하면 알할 수밖에 없다.

그는 오히려 입가에 미소가 가득했다.

알고도 당한다면 그것만큼 자신이 무력하다고 느끼는 순간이 없다는 것을 알고 있다.

"하지만 어쩔 거지? 크크큭."

부우웅!!

또다시 진운의 앞에 선 테칸은 불꽃이 가득한 주먹을 휘둘렀고, 그 순간,

휘이잉잉!!

진운의 등 뒤로 강한 회오리와 같은 공기가 만들어지더니 자연스럽게 진운의 등을 떠밀어 버렸다.

"젠장!"

언뜻 보면 진운의 능력으로 그깟 바람쯤이야 얼마든지 피할 수 있을 거라 생각하겠지만, 테칸이 노린 것은 진운의 몸을 속박하는 것이 아니라 피할 수 있는 타이밍을 뺏는 것이었다.

애초에 목적이 다르기에 지금 이렇게 진운이 테칸을 상대로 애를 먹고 있는 중이다.

테칸과 진운의 싸움은 그저 일반적인 싸움과는 완전히 수준이 달랐기에 지금처럼 공기의 흐름으로 아주 잠깐이지만

진운의 몸을 묶어두는 것만으로도 피할 타이밍을 완전히 뺏어버릴 수 있는 것이다.

물론 테칸의 공격이 그만큼 빠른 것도 있었다.

쾅!!

화르르륵!!

거기다 테칸의 저 불꽃에 맞으면 옮겨 붙어 마나로 날려 버리기 전까지는 절대 꺼지지 않는 것도 은근히 진운을 압박하고 있었다.

지금까지 진운이 겪은 타입과는 완전히 다른 테칸을 상대하는 것이 진운에게는 확실히 어려울 수밖에 없었다.

경험이 있고 없고가 얼마나 큰 차이가 있는지 제대로 느껴보는 진운이다.

'이대로는 승산이 없어. 젠장.'

현재 진운이 고전하는 이유는 바로 테칸의 공격을 피할 타이밍을 뺏기고 있기 때문이다.

거기다 아슬아슬하게 피해서 카운터적인 공격이 오히려 익숙한 진운에게 타이밍이란 거의 절대적일 수밖에 없는데, 그걸 뺏기고 있으니 오로지 테칸의 공격을 막기에 급급한 것이다.

훌쩍!

결국 막다가 틈을 봐서 멀찍이 물러난 진운이 숨을 고르면

서 테칸을 보자,

"이런, 결국 도망인가? 저격 로봇을 처리할 때 보여줬던 힘은 어디로 숨겼나?"

대놓고 비아냥거린다.

하지만 지금 당장 테칸을 상대로 어떻게 해야 할지 딱히 뾰족한 방법이 보이지 않았다.

처음 겪어보는 능력에 처음 경험하는 싸움 방식, 거기다 진운에 비해 결코 뒤떨어지지 않는 힘까지 가지고 있으니 말이다.

"이게 아닌데……. 내가 원한 건 이런 게 아닌데 말이야."

칼라드볼그를 뽑아 들 때만 해도 뭔가 보여줄 것 같던 진운이 생각보다 보여주는 게 없자 고개를 흔들면서 한숨을 내쉰 테칸은 돌연 자신의 주먹을 감싸고 있던 불꽃을 꺼뜨려 버렸다.

"흥이 깨져 버렸군."

그리고는 진운을 보면서,

"자신의 힘을 사용할 줄도 모르는 애송이는 흥미가 없다."

라고 하더니,

화르르륵!!

갑자기 테칸의 몸 전체로 푸른 불꽃이 피어올랐다가 불꽃이 사라졌을 때는 테칸의 모습도 사라지고 없었다.

“젠장! 젠장할!”

쾅!!

테칸이 사라지자 진운은 자신도 모르게 땅을 향해 휘둘렀고, 애꿎은 검도 도장의 마룻바닥만 부서져 버렸다.

“게티아의 힘 없이는… 겨우 이 정도였나.”

마신의 힘에 절대적인 방어력을 가진 게티아가 봉인되어 있다고는 하지만 이렇게 자신이 밀릴 것이라고는 생각조차 못했다.

진운은 테칸을 상대해 보고는 뼈저리게 느낄 수가 있었다.

마신이 왜 마신으로 불리는지 말이다.

아무리 초인이라고 불리는 마스터이지만 결국 자신은 인간이고 상대는 마신이었다.

신이라고 불리는 존재가 힘을 빌려주고 있는 녀석이 약할 리가 없었던 것이다.

그걸 지금까지 진운은 너무나 모르고 있었다.

첫 번째 마신인 레오날드는 스스로 봉인되길 원했고, 두 번째 마신인 아스타로트도 딱히 진운을 적대하진 않았기에 진운은 은연중에 마신이 약하다고 스스로 생각하고 있었던 것이다.

마신이나 마신의 힘을 빌려 쓰는 존재를 상대할 때 게티아가 얼마나 진운에게 필요한지 정말 뼈저리게 느끼는 순간이다.

"하아, 레이나가 봤으면… 한소리 했겠군."

지금 이 순간 왜 레이나가 떠오른 것인지 진운은 스스로도 이유를 몰랐지만 왠지 그녀라면 적이 먼저 흥미를 잃어서 물러났다는 것에 독설에 가까울 만큼 잔인하게 핵심을 지적해 주었을 것이라고 생각하자 갑자기 웃음이 나왔다.

"후후후훗, 바보 같았구나."

바벨의 탑에서 드래곤을 죽였을 때 정말 자신이 강하다고 생각했던 것이 얼마나 어리석었는지 이제야 깨달았다는 것에 한편으로는 자신이 바보 같았지만 반대로 가슴은 왠지 후련해지기도 했다.

살아 있는 한 패배한 것이 아니었으니 말이다.

졌다는 것이 의외로 이렇게 후련한 기분이 될 수도 있다는 것을 처음 안 것에 나름 의아해하면서 걸음을 돌리자 낯익은 마나의 기운이 느껴졌다.

"이런, 한발 늦어버렸군."

백호연이 아쉬운 듯한 표정으로 부서져 버린 검도 도장을 물끄러미 살펴보면서 진운의 곁으로 다가와 있었다.

"아무래도 인연이 있나 보군. 자네와 말이야."

왠지 그 말을 하면서 즐거워 보이는 백호연의 얼굴이다.

$$* \qquad * \qquad *$$

"흠, 그러니까 자네도 일루미나티를 쫓고 있다는 말이구먼."

운이 좋다고 해야 할지 아니면 백호연의 도움이 정말 필요한 순간에 나타났다고 해야 할지 진운으로서는 조금 이상한 상황이 되긴 했지만 아무튼 진운에게는 많은 도움이 되는 백호연이다.

백호연이 모습을 드러내고 얼마 있지 않아 칭화대 검도부 사람으로 보이는 무리가 나타난 것이다.

당연히 부서진 도장을 보고 난리치면서 덩치가 산만 한 백호연이 조금 무서웠는지 진운을 향해 다그치듯 달려드는데, 만약 백호연이 중간에 나서서 해결하지 않았다면 아마 또다시 욱한 진운이 전원 병원으로 보내 버렸을지도 모를 정도로 진운을 심하게 몰아붙였다.

하지만 백호연이 나서서 전화 한 통 하자 갑자기 조용해진 녀석들을 보니 확실히 뭔가 있긴 있는 듯해 보였다.

그리고 따로 진운과 이야기를 하고 싶다는 말에 기다리고 있는 일행이 있다고 하자 또다시 전화 한 통 했고, 홍지연과 이시연은 느닷없이 나타난 리무진을 타고 호텔로 가버렸다고 했다.

솔직히 백호연이 잘해주는 것이 진운에게는 부담이었지만 아무래도 신세를 진 것이 있다 보니 우선 자신의 아버지에 대한 것과 왜 이곳에 있었는지 등을 이야기하자 의외로 백호연도 일루미나티를 알고 있는 것이다.

"그 말은 저와 같다는 말이군요."

진운이 나직이 말하자 조용히 고개를 끄덕인 백호연은 앞에 놓여 있는 물병을 열어 한 모금 마시고는,

"뭐 결과적으로 뒤치다꺼리에 가까운 것이지만 나도 국가의 녹을 먹는 몸이니만큼 위에서 시키면 우선적으로 해야 해서 말이야"

손가락으로 비유해 정부를 가리키는 듯한 행동을 하고는 그냥 웃어버렸다.

"우선 검도 도장의 일은 감사드립니다."

우선 고마워할 것은 고마워하고 나서 다른 이야기를 하고 싶은 마음에 인사를 하자 백호연은 별것 아니라는 듯 손을 내저으면서,

"아니야. 어차피 녀석들과 적이면 나와는 동지나 마찬가지니까 말이야."

"……"

은연중에 진운을 자신의 편으로 끌어들이려는 듯한 백호연의 모습에 진운이 입을 다물어 버리자,

"크크크큭, 아무튼 조심성 하고는."

왜 진운이 입을 다물었는지 알고 있다는 듯 가볍게 웃고는 품에서 사진 몇 장을 꺼내더니 진운 앞에 내민다.

"……?"

처음에는 뭔지 몰랐지만 자세히 보니 자신이 살던 아파트와 소지훈과 김미영이 살던 아파트이다.

"어째서 이 사진을 가지고 계신 거죠?"

자신이 살던 곳의 사진을 가지고 있다는 것은 뭔가 조사를 했다는 말이 되기에 진운이 경계하는 듯한 눈빛으로 물어보자,

"그렇게 기분 나빠하지 말게나. 한국에는 공식적으로는 공인 마스터가 없거든, 하지만 그 녀석도 그렇고 자네도 그렇고 이상하게 뭔가 일이 생길만 하면 꼭 나타난단 말이야. 그래서 그냥 호기심일 뿐이야. 하지만 정말 잘 숨겼더군."

슬쩍 능글맞은 눈빛으로 진운에게 말하는 것이 어째서 진운의 집과 소지훈과 김미영의 집이 이 모양이 된 건지 대충 알고 있다는 눈빛이다.

"가족이니까요."

"가족이라……. 뭐 틀린 건 아니구먼. 그보다 집이 이 정도면 녀석들이라도 찾는 게 쉽지 않을 곳에 숨겼다는 말이구먼."

“네.”

적이 아닌데 굳이 이 정도까지는 숨길 필요 없다는 생각에 쉽게 대답했는데 백호연은 그 이상의 대답을 원한 듯했다.

“알려달라면 알려줄 텐가?”

“싫습니다.”

“쩝, 냉정하기는.”

단칼에 진운이 거절했지만 딱히 기분 나빠하는 표정은 아니다.

다만 아쉬운 듯한 표정만큼은 굳이 숨기지 않았다.

“그보다 이제 어쩔 텐가?”

“뭘 말입니까?”

“일루미나티의 눈을 피해서 지낼 곳은 있고? 아니면 뭔가 계획이라도 있는지 말이야.”

“……”

사실 백호연의 말에 딱히 할 말이 없어져 버린 진운이다.

본래 계획은 레이나, 아이린과 함께 차근차근 상대를 찾아갈 생각이었다.

바벨의 탑에서 정보도 얻고 하나씩 찾아가면서 뭔가 일을 계획할 생각이었다.

물론 그 계획의 대부분도 레이나가 세우고 아이린이 계획에 살을 붙이는 것이 뻔했지만 말이다.

　복수를 위해서는 레이나와 아이린의 존재, 그리고 바벨의 탑에서 얻을 수 있는 정보가 거의 필수적이라고 할 수 있는데 현재 그 세 가지 중 어느 것 하나도 얻을 수 없는 상황이다.

　한마디로 무인도에 혼자 버려졌다고 해도 과언이 아닌 것이다.

　백호연도 진운에 대해서 조사를 했지만 워낙 짧은 시간이라 그런지 현재 상태만 알고 있는 듯했다.

　물론 더 오래 조사해 보면 아이린과 레이나의 존재도 알겠지만 사실 백호연이 알아도 크게 상관은 없었다.

　대륙에 있는 그들을 무슨 수로 백호연이 건드린단 말인가.

　"역시… 그럴 줄 알았어."

　백호연은 진운을 보면서 나직이 한숨 섞인 말을 하더니 슬쩍 운을 띄우듯 한마디 던졌다.

　"어차피 같은 적을 두고 있는 마당에 서로 도움이 됐으면 하는데 말이야. 어떤가?"

　"……?"

　진운은 처음에는 그저 호기심이 가득한 백호연이었다면 이번에 만난 그는 이상하게 너무나 친절하면서도 조금은 억지스러운 것이 소위 너무 들이댄다는 표현을 써도 될 만큼 잘해주었다.

　그것이 이상했기에 바로 대답하기보다 백호연의 눈동자를

바라봤다.

"내 눈동자를 봐도 알기 어려울 거야."

뜨끔!

마치 진운이 무엇을 하려고 하는지 알고 있다는 듯 대답하는 모습에 놀란 표정을 숨기지 못하자,

"이미 눈으로 상대의 진실과 거짓을 가려내는 것에는 단련이 되어 있으니까, 어설픈 짓은 안 하는 게 좋아."

나직이 으름장까지 놓는 백호연의 모습에 이번에는 정말 궁금해서 진운이 먼저 물었다.

"누구입니까?"

지금까지 대답만 하던 진운이 먼저 질문하자 백호연도 조금은 진운의 마음이 열렸다고 판단했는지 웃으면서,

"누구긴 누구야, 김현중 그놈이지. 그놈한테 하도 당해서 나도 요령이란 것이 생겼거든. 그러니까 어설픈 짓은 안 하는 게 좋아. 지금 좋은 우리 관계가 틀어져 버리면 서로 손해이지 않아?"

아예 다시는 어설픈 짓을 하지 말라는 듯 못을 박는 백호연의 말에 진운은 김현중이라는 사람이 도대체 어떤 사람인지 더욱 궁금해졌다.

"제게 알려주실 수 있습니까?"

"뭘?"

"제가 알고 있는 김현중이라는 사람과 당신이 알고 있는 김현중이 얼마나 다른 사람인지 말입니다."

"크크크큭, 알면 다시는 평범한 생활 못할 텐데?"

이상하게 백호연은 김현중에 대해서 말할 때면 뭔가 아련한 그리움 같은 것이 느껴지는 눈빛이다.

"제가 아는 김현중은 갑자기 대동그룹을 인수한 20대 젊은 회장이라는 것과, 다음 해 갑자기 사원을 사장으로 임명한 다음 사라졌다는 것뿐입니다. 그리고 영국의 귀족과 결혼했다는 것 외에는 아무것도 모릅니다."

사실 진운이 알고 있는 것은 한국 대부분의 국민이 알고 있는 정도이다.

하지만 진운의 말을 들은 백호연은 너털웃음을 터뜨리고는,

"그건 공룡 발톱의 때만큼도 안 되는 것이지."

진운이 알고 있는 것을 단번에 깎아내리고는,

"우선 내 이야기를 듣기 전에… 자네, 정진운이라고 했지?"

"네."

"그럼 자네 마스터인가?"

"그렇습니다."

갑자기 왜 마스터인지를 묻는지 모르지만 생각할 시간도

없이 즉각 대답하자 백호연은 벌떡 일어서면서,

"왜 내가 그걸 물어보는지 궁금할 테지. 하지만 말이야, 이제부터 내가 할 이야기는 일반 사람들이 알아서는 안 되는 거야. 즉, 조건이 필요한데, 그 조건이 바로 듣는 사람도 마스터여야만 들을 자격이 있다는 거지."

"……"

도대체 무슨 이야기이길래 듣는 조건이 마스터의 경지에 오른 사람이어야 하는지는 모르겠지만, 이왕 여기까지 온 거 되돌아갈 생각이 진운에게는 없었다.

"네!"

힘차게 대답하자 백호연도 그걸 기다렸다는 듯 씨익 웃더니,

"따라오게."

라는 말과 함께 진운을 데리고 움직였다.

Chapter
04
도움받다

그들이 간 곳은 함께 있던 건물의 지하 5층이다.

지하라고 믿기 어려울 만큼 넓은 공간과 함께 환풍 시설이 잘 되어 있는지 지하 특유의 답답함을 전혀 느낄 수 없는 곳으로, 벽에는 여러 가지 운동 기구부터 잡다한 무기까지 많은 것으로 보아 수련장으로 쓰던 곳임을 짐작할 수 있었다.

"여긴……?"

"보면 알겠지만 내 개인 수련실이지."

100평은 거뜬히 넘어 보이는 이곳이 개인 수련실이라는 말에 진운도 잠깐 놀라야 했지만 나중에 알고 보니 이 건물과

땅 전체가 백호연의 소유였다.

거기다 핵무기가 떨어져도 이곳은 안전하도록 설계되어 있다는 것도 말이다.

"난 권법가지. 그리고 권법가는 말보다 행동으로 보여주는 법이거든."

그리고는 슬쩍 자세를 잡는데 조금 전 싱글벙글거리는 백호연의 눈빛이 날카롭게 변하면서 그의 몸 주변의 공기마저 낮게 가라앉았다.

진운도 느닷없긴 하지만 지금 백호연의 행동이 뭘 뜻하는지 모를 만큼 바보가 아니었기에 백호연을 보면서,

"지금 저와 대련을 하자는 겁니까?"

"당연하지. 그냥 마나만 가지고 있는 녀석이라면 의외로 제법 있는 편이지. 하지만 마스터라는 칭호를 서슴없이 말할 수 있는 존재는 손가락에 꼽을 만큼 적기도 하고, 그 녀석과 닮은 네가 얼마나 강할지 궁금해서 말이야. 크크큭."

"순전히 자기 욕심 때문이란 거군요."

권법가라면 누구나 가지고 있다는 호승심 때문에 지금 진운에게 대련을 청하는 백호연이기에 거절하기도 쉽지 않았다.

물론 진운도 거절할 생각이 없었고 말이다.

테칸과 싸워서 허무하리만큼 무력하게 당해 버린 뒤라 그

런지 진운은 현재 자신의 실력이 과연 마스터인지 마음속으로 스스로에게 의문을 가지고 있는 상태이다.

진운은 주먹을 말아 쥐면서 자세를 취했다.

그리고 백호연을 향해 나직이 말했다.

"전 살기 위해 마스터가 되었습니다. 그래서 적당히 하는 것을 모릅니다."

지금 진운의 말은 경고가 아니라 사실이다.

수련 자체를 살기 위해, 드래곤을 죽이기 위해 했던 진운에게 일반적인 수련을 통한 대련이란 경험이 있을 리가 없다.

그 말은 일반적으로 대련에서 필요한 멈추기 기술을 전혀 모른다는 것이다.

대련 중엔 거의 필수적으로 멈추기 기술을 배우는 편이다.

멈추기란 때리기 바로 직전에 주먹이나 발등 공격을 멈춰서 직접적으로 타격을 주진 않지만 보기에는 때린 것처럼, 상대는 맞았다는 느낌을 받는 기술이다.

사실 이건 어느 정도 수련이 되어 있는 수준의 사람이 가능하지만, 마스터에게는 애들 장난 같은 기술이 바로 멈추기이다.

생과 사를 오가면서 미친 듯이 수련한 진운에게 멈추기와 같은 힘을 빼는 기술이 있을 리가 없기에 미리 알려주자 백호연은 오히려 기쁘다는 듯 웃으면서,

“나를 죽여도 이곳에서 누가 자네를 뭐라 할 사람은 없지.”

라고 말하더니 내민 오른발을 높이 들어 땅을 찍었다.

쿵!!

그 강력한 진각에 지하실 전체가 살짝 흔들리는 듯한 느낌마저 들었다.

직후, 백호연의 마나의 흐름이 잠시 가라앉는 듯하더니, 갑자기 폭발적으로 상승했다.

그와 동시에 백호연의 몸이 미끄러지듯 진운의 앞으로 다가왔다.

“……!!”

백호연의 움직임은 조금 전 테칸의 모습과 겹쳐 보일 만큼 너무나 닮았다.

순간 테칸과 싸울 때처럼 진운의 몸이 반응해 순간적으로 마나를 폭발적으로 활성화하면서 아주 간발의 차이로 몸을 틀어 피했다.

척!

그냥 피한 게 아니라 진운은 옆으로 피하면서 오히려 백호연의 가슴으로 파고들었다.

그 모습이 마치 백호연이 진운에게 달려들고, 진운은 그런 백호연의 품에 일부러 파고든 것 같은 착각을 일으킬 만큼 절묘한 타이밍이었다.

사실 테칸과 싸울 때도 이렇게 하려고 했는데 공기의 압력에 의해 피하는 타이밍을 놓쳐 버리면서 막을 수밖에 없었던 것을 백호연을 상대로는 완벽하게 선보였다.

"헙!!"

백호연도 설마 진운이 이 정도로 완벽한 타이밍에 피하면서 파고드는 것에 조금은 놀란 듯했지만,

팡!!

파고들어 가슴을 항해 주먹을 내지르는 진운의 주먹을 정확하게 쳐 내는 백호연이다.

"이런이런. 그 움직임, 자네 체술 계열이었구만."

좀 전의 몸놀림과 정확한 타이밍에 피하면서 파고드는 것은 얼치기로 배운다고 배울 수 있는 게 아니었다.

말 그대로 자신의 몸이 기억하고 있는 것이었기에 백호연은 진운이 체술, 즉 자신과 같은 권법가로 생각한 것이다.

하지만 진운은 고개를 저으면서,

"전 검을 씁니다."

"…검?"

백호연은 진운이 검을 쓴다는 말에 의외라는 듯 쳐다보면서,

"자네 검도 없지 않는가?"

당연히 진운의 몸 어디에도 검은 없었다.

　물론 유명한 연검(휘어지는 검. 벨트로 위장이 가능하다)인가 싶은 생각도 들었지만 이미 진운이 건물로 들어올 때 금속 탐지기를 거쳤으니 연검도 아니다.

　특히나 마스터에 오른 자가 자신의 주무기도 없이 돌아다 닌다는 것은 백호연의 상식으로는 도저히 이해가 가지 않기에 더 놀란 것이다.

　그런데 그런 백호연의 눈빛을 가볍게 무시한 진운은,

　"검이라면 있습니다."

　"있어?"

　맨손에 몸 어디에도 검을 숨길 만한 곳이 없다는 생각에 도저히 믿을 수 없어 말하자,

　"그럼 그 검을 한번 꺼내봐."

　"싫습니다."

　"나 참, 왜 이리 까다로운지."

　어떻게 뭘 한 번이라도 해달라거나 보여달라면 시원하게 해주는 것이 없는 진운의 까다로운 대꾸에 쓴소리를 한마디 했지만 진운은 오히려,

　"모르는 사람에게 자신의 모든 것을 보여주는 것이 중국 권법가의 상식입니까?"

　오히려 백호연을 향해 큰소리를 쳤다.

　이번만큼은 백호연도 입을 다물 수밖에 없었다.

친족이라도 자신의 3할은 숨기라는 것이 중국의 권법가뿐만이 아니라 대부분의 무술을 하는 자들에게 내려오는 기본적인 가르침인데, 설마 그걸 한국에서 온 진운에게 듣게 될 줄은 몰랐다.

사실 지금 백호연이 억지를 부리고 있다는 것을 스스로도 알고 있으니 더 이상 진운의 검을 보여달라고 떼쓰지는 못했지만, 그렇다고 이대로 물러날 백호연도 아니었다.

척!

진운이 검을 보여주는 것을 거부하자 결국 백호연이 택한 것은 자신의 수련장에 준비되어 있는 목검을 두 자루 들더니,

휙!

하나를 진운을 향해 던졌고, 진운은 목검을 가볍게 낚아채 한번 움켜잡아 보았다.

"무게가 진검과 비슷하군요."

나무로 만들어진 목검에서는 절대로 느낄 수 없는 묵직한 무게이다.

"당연하지. 유창목(癒瘡木)으로 만든 목검이니까 말이야."

"유창목… 이라면 리그넘바이타군요."

"오호~ 박식한걸?"

백호연은 진운이 유창목을 알고 있다는 것도 놀랐지만 유창목의 본래 이름인 리그넘바이타를 알고 있는 것에 더욱 놀

랐다.

일반적으로 유창목이라고 하면 다들 고개를 갸웃거리는 편이다.

그도 그럴 것이, 일반적으로 유창목으로 목검을 만드는 경우가 없으니 말이다.

진운이 유창목으로 만든 목검을 들고 진검과 비슷하다고 느끼고 있지만 이건 백호연과 진운이 서로 쓰는 검이 다르기에 생긴 서로 간의 오해였다.

사실 유창목(리그넘바이타)은 세계에서 가장 무거운 나무로 알려져 있고, 중남미의 니카라과 등에서 자라는 나무다.

워낙 단단하다 보니 자르는 것은 거의 고행이라 할 만큼 힘들었고, 망치를 오히려 튕겨낼 만큼 높은 탄성까지 고스란히 가지고 있는 특이한 나무였다.

그러다 보니 당연히 물에 넣으면 가라앉아 버리기까지 했고, 나무라고 하기에도 황당한 나무이다.

당연히 그런 나무로 만든 목검의 무게가 같은 모양의 진검보다 오히려 무거운 것은 당연했다.

하지만 진운은 롱소드를 주로 사용하는 편이었고, 백호연이 아는 진검은 중국식 검, 즉 진운이 주로 사용하는 칼라드볼그나 롱소드보다 훨씬 가볍고 얇은 검이었기에 유창목의 묵직한 무게가 진운에게는 오히려 익숙한 느낌으로 다가온 것이다.

사실 백호연은 목검을 받고 진운의 눈빛이 변하는 것을 보곤 내심 무거워서 당황하는 걸로 생각하고 있었다.

하지만 오히려 진운은 너무나 친숙한 무게에 훨씬 얇으면서도 다루기 편한 목검의 모양에 만족하고 있는 중이다.

사실 옛날에는 배의 스크류에 쓰였을 만큼 내구성이 좋은 편이고, 요즘에는 볼링공을 만드는 것이 대표적 사용 방법의 나무인데, 그것으로 목검을 만들게 되면 가공비가 워낙에 비싸서 거의 그런 경우가 없다.

대신 한번 만들게 되면 웬만한 진검을 상대로 대련해도 멀쩡할 만큼 단단하기에 그만큼의 값어치는 있었다.

부웅!!

진운이 유창목으로 만든 목검을 한번 휘둘러 보고는 무게는 롱소드와 비슷하면서도 오히려 다루기 편한 동양식 검의 모습에 왠지 자신도 이런 검이 가지고 싶다는 생각이 문득 들어 작게 입가에 미소를 지어 보였다.

"확실히 좋은 녀석이지? 그리고 이거면 자네도 불만 없겠지?"

어떻게든지 진운의 진짜 실력을 꼭 끄집어내겠다고 오기를 부리는 백호연의 고집도 참 대단하지만 진운도 내심 마음이 흥분되고 있는 중이기도 했다.

공식적으로 진운이 만난 두 번째 마스터였으니 말이다.

대륙에서 만난 마스터는 마스터라고 이름을 붙이기도 부끄러울 만큼 허접했다.

오러 블레이드의 취해서 오히려 검술이나 기본 모든 것이 형편없었으니, 대륙의 검술 수준에 사실상 크게 실망한 상태였다.

하지만 백호연과의 대련은 나름 설레면서도 한편으로는 왠지 자신의 힘이 얼마나 될지 확신이 없기에 불안하기도 한 진운이다.

단 한 번 서로 주먹을 주고받았지만 한 치의 빈틈도 보이지 않았던 백호연이었으니 말이다.

"자, 그럼 오랜만에 검을 써볼까나."

"……."

여유롭게 웃으면서 목검을 잡고 자세를 잡는 백호연과 달리 백호연의 자세를 본 진운은 백호연이 검을 잡는 것이 괜히 자신과 겨뤄보기 위해서 억지를 부리다 못해 강수를 두는 것으로 생각되었다.

권법과 검법은 엄연히 그 기본부터 다르다.

기본 동작을 시작으로 배워야 하는 것, 보법은 말할 것도 없거니와 실제로 검법과 권법을 동시에 배우는 사람은 많지만 결국 자신에게 맞는 하나를 정해서 하나만 파고드는 것이

대부분이다.

그만큼 권법과 검법을 동시에 이루기는 힘들었다.

사실 진운도 마나의 적응으로 몸이 완전히 재구성되고 각성까지 거치면서 인간의 기준을 넘어버린 육체를 가지고 있기에 체술과 검술을 동시에 가질 수 있었다.

물론 백호연도 그러지 말라는 법은 없다.

하지만 무엇보다 백호연의 뭔가 어설픈 듯한 자세가 이미 진운에게 믿음을 주기에는 사실 무리가 있어 보였다.

"정말 검으로 저를 상대하실 겁니까?"

어정쩡한 자세, 검을 잡고 있지만 마치 영춘권의 준비 자세를 취하고 있는 듯한 모습에 진운이 한마디 던지자 오히려 백호연은 그런 진운의 말에 웃으면서,

"만류귀종이란 말을 자넨 모르는가?"

"알고 있습니다."

결국 모든 것은 하나라는 만류귀종을 알고는 있지만 사실 지금 백호연의 자세를 보면 과연 만류귀종이라고 해서 권법가가 검법을 자유자재로 다룬다는 게 말이 되는 건지 의심할 수밖에 없다.

"믿지 못하는 얼굴이군."

백호연이 진운의 눈빛에 어린 자신에 대한 불신을 읽었는지 퉁명스럽게 한마디 하자 진운은 기다렸다는 듯 고개를 끄

덕였다.

"지금 자세가 너무나 어설픕니다."

"후후후훗. 자세? 자세라……. 검법에 자세라는 것이 정해져 있었던가?"

"……?"

순간 백호연의 말에 진운이 무슨 말인지 모르겠다는 표정을 짓자 백호연은 씨익 입가에 미소를 짓더니,

"검법도 사람이 만든 것, 권법도 사람이 만든 것. 그럼 검법도 권법도 애초에 정해진 기본자세가 없는 것이 당연한 것 아닌가?"

"……."

진운은 지금 백호연이 하는 말이 뭔지 금방 이해가 되지 않았지만 뭔가 진운의 마음속에 작은 파문을 일으키는 것만은 분명했다.

그러거나 말거나 백호연은 계속 할 말을 계속했다.

"검이란 결국 손의 연장선. 그렇다면 난 거기에 맞춰서 조금 더 몸을 움직이면 될 뿐이지. 그게 결국 만류귀종이라고 난 생각하는데 자넨 아닌가 보군."

찡~

백호연의 말이 끝나자, 순간 진운의 가슴에서 잔잔하게 흐르던 파문에 백호연이 던진 돌멩이가 떨어져 심하게 흔들리

기 시작했다.

"만류귀종… 만류귀종… 결국은 하나……. 시작도 없고… 그러니 끝도 없다 이건가."

백호연은 자신이 생각하는 만류귀종에 대해서 말했을 뿐인데 진운은 그 말을 듣고 자신의 가슴에 누군가 돌을 던져 옭매어 있던 것이 부서지는 느낌을 받았다.

그와 동시에 막혀 있던 댐이 무너지면서 엄청난 물이 쏟아져 나오듯 그의 몸 안의 마나가 용트림을 하기 시작했다.

"응?"

스스스스스, 스스스스.

백호연은 무언가 이변을 느꼈다.

만류귀종을 중얼거리던 진운의 눈이 반쯤 감기더니, 갑자기 그의 몸에서 느껴지던 마나가 사라졌다.

백호연은 자신과 비슷할 정도의 기세를 뿜어내던 진운의 몸에서 마나의 느낌이 사라지자, 반사적으로 행동에 나섰다.

진운에게 다가가기 위해 그가 한 걸음 내딛는 순간,

펑!!

"…크윽."

느닷없이 진운의 몸에서 마나가 터져 나오더니 마치 태풍이 몰아치는 것 같은 위력으로 사방을 뒤덮었다.

백호연까지 압박할 만큼 엄청난 마나가 수련실을 가득 메우고도 모자라 사방으로 뻗어 나갔다.

"이건 뭐야? 설마… 깨달음?"

백호연은 아닌 밤중에 홍두깨도 아니고 대련하려는 도중에 갑자기 깨달음이라니 너무 황당했다.

하지만 지금까지 듣도 보도 못한, 진운의 몸에서 터져 나오는 마나의 압력에 자신의 마나를 끌어올려 버티는 것도 힘들었다.

스윽!

끝없이 뿜어져 나올 것 같던 진운의 마나는 어느 순간 갑자기 뚝 멈추더니 사방으로 흩어져 버렸다.

마나의 태풍이 끝난 중심에 서 있던 진운은 눈을 뜬 상태로 백호연을 바라보고 있었다.

"…이거 내가 손해 봤구먼."

마스터의 경지에 오른 자들에게 깨달음이란 거의 자신의 목숨까지 가볍게 던져 버릴 만큼 원하는 것이다.

오늘 처음 본 진운이 자신이 한 몇 마디 말로 마나의 태풍에 가까울 만큼 엄청난 변화를 보였다면 의심할 것도 없이 깨달음을 얻었다는 것밖에 없기에 괜히 툴툴거린 것이다.

"베이스퍼 영감이 젊어진 것만 해도 배 아파 죽겠는데 이제는 새파랗게 어린것까지……. 에고, 내 팔자야."

그나마 조금의 위안이라면 자신이 깨달음의 실마리를 제

공했다는 것이다.

물론 속은 좀 쓰리지만 말이다.

"그런 거였군요."

진운은 몸 안의 마나가 확연히 달라진 것을 느끼면서 어째서 자신에 테칸에게 그토록 허무하게 당할 수밖에 없었는지 머리가 아닌 마음으로 이해할 수가 있었다.

칼라드볼그, 게티아가 바로 진운의 힘을 은연중에 막고 있는 장애물이었던 것이다.

마신을 상대로 절대적인 방어력을 가진 게티아.

마신에게 절대적인 공격력을 가지고 있는 칼라드볼그.

신을 죽이는 검이라는 별명이 있을 만큼 진운이 원한다면 마신을 소멸시킬 수도 있는 칼라드볼그와 마신이라면 어느 존재라 해도 감히 범접하기 힘든 게티아를 가지고 있는 진운은 은연중에 이 정도면 충분하다고 스스로 만족했던 것이다.

대륙은 물론 테칸을 만나기 전까지는 이렇다 할 강자를 만나지 못한 것도 그런 자기만족을 굳혀 버리는 이유 중 하나였다.

그러나 가장 큰 장애물은 아이러니하게도 게티아와 칼라드볼그라는 것을 지금에서야 깨달은 진운은 자신도 모르게 웃음이 나왔다.

"결국 시작이 없으니 끝도 없는 것. 애초에 내가 움직이지 않으면 시작하지도 않는 것이었지. 그랬지. 그랬어.”

영문 모를 말을 중얼거리던 진운이 천천히 시선을 돌려 백호연을 바라보자 흥미를 잃었다는 듯 심드렁한 표정으로 유창목으로 만든 목검을 어깨에 걸친 채 서 있는 모습이 보인다.

“큰 도움에 감사드립니다.”

진운은 정말 진심을 담아 백호연에게 인사했다.

사실 첫 만남이 그리 좋은 기억이 아니기에 백호연에 대한 감정이 좋지 않았던 것이 이번 깨달음으로 인해 완전히 사라져 버렸다.

자기만족에 대한 틀이 부서져 내린 진운은 지금까지 자기중심이던 생각에서 조금 벗어나 다르게 사물을 바라보는 시선을 가질 수가 있게 된 것이다.

조금 달리 보면 백호연도 나쁜 사람은 아니었다.

직선적이고 겉치레가 없기에 오해를 살 수도 있지만, 그만큼 거짓이 없는 것은 확실했으니 말이다.

“뭐… 깨달음이란 결국 임자를 찾아가는 법이니까. 그런데……”

애초에 남의 깨달음에 대해서 배 아파하지만 욕심은 부리지 않고 깨끗하게 잊어버리는 백호연은 불쑥 진운의 곁으로 다가왔다.

“어째 더 이상 젊어지지 않네?”

“네?”

미국의 국가 공인 마스터인 베이스퍼가 깨달음으로 인해 마스터를 넘어 마이스터에 올랐을 때 할아버지에서 중년의 남자로 변한 것을 백호연은 두 눈으로 봤었다.

그래서 진운도 마스터에서 방금 깨달음을 얻었으니 당연히 조금 어려지거나 젊어질 것으로 생각했는데 전혀 변화가 없자 물어본 것이다.

“그 뭐냐, 마스터에서 깨달음을 얻으면 젊어지던데…….베이스퍼 그 영감은 회춘한 걸 내가 두 눈으로 똑똑히 봤거든.”

“전 원래 스물여섯 살입니다.”

“…스물여섯 살?”

“네, 처음 만났을 때도 전 제 나이를 말했던 걸로 기억합니다만.”

“아, 그렇지. 스물여섯 살, 스물여섯 살… 스물여섯. 그럼 한 가지만 물어봐도 되지?”

“네.”

이번만큼은 백호연의 질문에 시원하게 대답하는 진운이다.

“자네 수련은 얼마나 했나? 10년? 20년?”

“음⋯⋯.”

진운은 잠시 생각해 봤지만 자신이 정확하게 마스터에 오르기까지 수련을 한 것은 불과 1년에 불과했다.

“1년입니다.”

“⋯에이, 농담하지 말고.”

백호연은 진운의 말에 10년을 잘못 말했을 거라고 생각하면서 손사래 치며 다시 물어봤지만 진운은 똑바로 백호연을 보면서,

“수련이라고 할 만한 것을 한 것은 대충 1년입니다. 그리고 전 마스터에 올랐다고 저를 가르친 스승에게 직접 들었습니다.”

“⋯괴물이군.”

정말 진심으로 백호연은 진운을 보면서 괴물이라고 생각했다.

“면전에 두고 그런 말은 좀⋯⋯.”

진운도 딱히 기분 나쁜 것은 아니지만 그래도 듣기에 뭣해서 한마디 했는데 백호연은 오히려 입에 침까지 튀기며 말했다.

“그럼 1년 만에 마스터에 오른다는 게 말이 돼? 나도⋯ 나도⋯ 40년을 수련했단 말이야. 그것도 정말 뼈를 깎는 노력으로. 아니지. 정말 천재라고 알려진 영국의 국가 공인 마스터

였던 마리아도 15년이 걸렸어. 자그만치 그 검의 천재도 15년
이 걸렸단 말이야. 그런데 1년이라니? 이건 사기도 너무한 사
기잖아."

"……."

사실 진운은 딱히 뭐가 되고 싶어서 수련한 것이 아니기에
자신이 마스터에 오른 기간이 1년이라는 것이 얼마나 말도
안 되는 시간인지 전혀 이해를 못하고 있었다.

인간이 극한까지 몰리면 결국 뭔가 사고를 치는 법이지만
그래도 1년 만에 마스터에 오르는 것은 백호연의 상식에서도
인간의 수준을 넘어섰으니 괴물이라고 해도 딱히 틀린 말은
아니었다.

물론 진운은 자신이 왜 백호연에게 괴물이니 사기꾼이니
하는 말을 들어야 하는지 모르겠지만 저렇게 놀라는 것을 보
면 많이 짧은 시간이긴 하구나 생각할 뿐이다.

딱히 마스터가 되고 싶어서 된 것도 아니었으니 말이다.

"아, 기운 빠져."

터덜터덜.

조금 전까지 기세 좋게 진운을 몰아붙이던 백호연은 갑자
기 양어깨를 축 늘어뜨리고는 목검을 휙 던지더니 본래 있던
곳에 정확하게 꽂아 넣고는 혼자 올라가 버렸다.

어깨가 축 처져 올라가는 모습에 진운은 아무리 남자라지

만 저 정도로 삐치면 대충 몇 시간에서 며칠 동안은 삐친 채로 있을 줄 알았다.

하지만 생각했던 것과 달리 의외로 백호연은 빨리 회복했다.

뭐랄까, 뒤끝이 없다고 해야 할까?

확실히 남자다움이 뭔지 보여주는 백호연이긴 했다.

너무나 직선적인 성격만 빼면 말이다.

"그러니까 어디서부터 말해야 할까. 음……."

백호연은 애초에 수련실로 내려간 이유가 진운이 알고 싶어하는 김현중에 대한 이야기였기에 잠시 생각하면서 머릿속을 정리하는 듯했지만 그의 입에서 나온 것은 단 한 마디였다.

"괴물이야."

"네? 괴물이라니?"

"말로는 표현이 안 돼. 그냥 단 한 마디로 지구 전체와 싸워도 옷깃 하나 건드리지 못할 괴물 말이야."

"그게 전부인가요?"

"그 외는 솔직히 그 녀석, 너무 비밀이 좀 많은 편이긴 했어. 무엇보다 그 녀석을 보고 있으면 은연중에 나오는 카리스마가 참……. 뭐랄까, 싫으면서도 한편으로는 좋기도 했거든."

말로는 싫다고 하지만 백호연의 표정은 싫은 표정이 아니라 오히려 좋아하는 마음이 더 큰 듯했다.

"사실 본래 국가 공인 마스터들은 아무래도 국가에 얽매인 몸이다 보니 서로 알고는 있지만 친하거나 그러진 못했거든. 그런데 그런 마스터들을 하나로 만든 게 바로 그 녀석이었으니 우리한테는 뭐 친구지. 그래, 친구."

아련한 듯 누군가를 그리는 눈빛을 보면 백호연은 김현중을 참 좋아했다는 것을 진운도 느낄 수 있을 만큼 애절하게 보였다.

물론 진운은 남자의 저런 눈빛은 결단코 사양하지만 말이다.

특히나 우람한 덩치에 늙은 아저씨는 더더욱 사양이다.

"그런데 그런 사람이 왜 떠난 거죠?"

괴물이라는 칭호까지 들을 만큼 강했다고 한다면 굳이 떠날 필요가 있을까 싶은 생각에 물어보자,

"하긴 그렇지. 돈도 원하는 만큼 있고, 마누라 예쁘겠다, 자식도 똘똘하니 귀여운 거 낳았겠다, 참 아쉬울 거 없는 녀석이었는데 그게 참……."

갑자기 백호연의 인상이 찡그려지더니 주먹을 움켜쥐면서 몸에 살기까지 피어오르기 시작했다.

영문을 모르는 진운은 고개만 갸웃거릴 뿐이다.

“그놈의… 미친놈들이 문제야, 어딜 가나.”

“…미친놈들이요? 그게 무슨……?”

갑자기 미친놈들이라는 말에 되묻자 백호연은 손가락으로 갑자기 하늘을 가리키면서,

“그냥… 저쪽 위에 있는 미친놈들이 하루가 멀다 하고 자기 좀 죽여달라고 찾아오니 견디다 못한 녀석이 가버렸지.”

“…….”

순간 자신이 뭔가 잘못 들었나 생각하던 진운은,

“저기… 제가 잘못 들은 게 아니라면 그 미친놈들이… 자기를 죽여 달라고 김현중을 찾아왔단 말인가요? 자기 스스로요?”

“맞아. 내가 직접 눈으로 본 적도 있으니까 그건 확실해.”

“…….”

입을 다문 진운은 잠시 백호연을 빤히 쳐다보다가,

“나도 직접 보기 전까지는 자네와 같은 반응이었어. 하지만 직접 보고 나니 정말 기가 차더군. 아무튼 그 미친놈들이 하도 찾아오니까 결국 견디다 못한 그 녀석은 지구를 떠나 버렸지, 뭐. 우리도 잡아봤지만… 자기 자식새끼 눈앞에서 허구한 날 자기 좀 죽여달라고 찾아오는 놈들을 매번 상대하는 게 결코 자식 교육에 좋은 게 없다고 하면서 떠난다는데 달리 할 말이 없더군.”

결국 김현중이 지구를 떠난 건 자식 교육 때문이란 결론이
다.

사실 백호연의 말을 들어보면 이해가 가지 않는 것도 아니
다.

자식 교육 때문에 외국에 나가 몇 년에서 몇 십 년씩 사는
부모도 있고, 기러기 아빠라고 해서 아버지는 이곳에서 돈을
벌고 아내는 외국에 나가서 자식 뒷바라지하면서 그렇게 몇
년씩 사는 부모도 있다.

사실 이렇게까지 된 것은 그만큼 한국의 교육 자체가 주입
식에 틀에 박혀 있는 것을 조금은 깨우친 부모라면 다 아는
사실이니 틀린 선택은 아니다.

실제로 현재 그렇게 살아가는 부모들을 쉽게 찾아볼 수 있
기도 했다.

하지만 지구를 떠나다니?

진운은 방금 백호연의 말 중에서 뭔가 이상한 생각이 들어
물었다.

"저기… 지구를 떠났다는 말, 그게 무슨 뜻입니까?"

"뭐? 아, 그거? 말 그대로야. 그냥 떠났어. 완전히 휙하고
말이야."

지구를 떠나는 것에 대해 잠시 생각해 본 진운은 자신이 아
는 상식에서는 한 가지뿐이었다.

"사실 제가 그렇게 머리가 나쁘다고 생각하진 않지만⋯ 어떻게 떠났다는 겁니까?"

"음, 내가 본 것을 그대로 말해준다면⋯ 허공이 찢어지면서 시커먼 어둠이 나타나더니 그 속으로 아내와 한 살짜리 자식을 데리고 들어가 버렸어. 말로는 죽기 전에 생각나면 들르겠다고 하긴 하는데⋯ 아마 안 올 거야."

벌떡!

"⋯⋯!!"

백호연의 말을 듣던 진운은 순간 눈동자가 찢어질 듯 커지더니 자리에서 갑자기 일어서면서,

"허공이 찢어지면서 시커먼 어둠 속으로 들어갔단 말인가요?"

"그래. 나 외에 그 녀석과 친분이 있던 마스터는 모두 같이 있었으니까 틀림없지. 그런데 왜 그리 놀라는 겐가?"

백호연은 진운이 너무나 놀라 자리까지 박차고 일어서는 것을 보고는 왠지 뭔가 알고 있는 듯한 느낌이 들었다.

"혹시 뭔가 알고 있나? 알려주면 안 되겠나?"

"아니에요. 그냥⋯ 아무것도 아니에요."

황급히 고개를 저으면서 다시 자리에 앉아 웃고 있지만 왠지 표정이 그리 자연스럽지가 못했다.

"뭐 본인이 싫다면야."

　백호연도 굳이 진운을 다그칠 생각까지는 없는지 대충 그 정도에서 이야기를 접고는 자리에서 일어섰다.

　"자네가 필요로 한 것이 있으니 잠시만 기다리게."

　조용히 방을 나가 버리는 백호연이었지만 그런 백호연의 뒷모습도 진운의 눈에는 들어오지 않았다.

　딸각~

　백호연이 완전히 방문을 닫고 나가자 진운은 그제야 한숨과 함께 갑자기 이 어이없는 사실을 어떻게 받아들여야 할지 난감했다.

　"차원 게이트, 확실히 차원 게이트야. 그럼 김현중 그 사람은 다른 차원으로 넘어가 버린 거군. 가족을 데리고 지구를 떠난 게 맞긴 하네. 차원을 넘어갔으면."

　백호연의 대략적인 설명만으로도 진운의 머릿속에 너무나도 익숙한 차원게이트의 그림이 선명하게 그려졌다.

　그것보다 김현중이라는 사람이 자신보다 먼저 차원 게이트를 사용한 사람이라는 것에 놀라울 따름이다.

　그것도 무려 10년 전에 말이다.

　확실히 2000년에 들어설 무렵, 세계적으로 커다란 이슈를 남기며 역사에 한 획을 그은 인물이라고 대부분의 사람이 기억하고 있을 만큼 유명한 남자였다.

　그러나 그렇게 유명한 것과 달리 그에 대해서 알려진 것은 대동그룹과 관련된 것뿐이다.

그 당시에는 딱히 크게 관심이 없었기에 그러려니 했는데 시간이 흘러 지금에 와서 김현중과 자신의 연결점이 있을 줄은 꿈에도 몰랐다.

"설마… 김현중이 첫 번째 바벨의 탑… 주인이었던 건가?"

현재 진운은 두 번째 바벨의 탑 주인으로 인정받아 차원 이동을 할 수 있는 게티아를 얻었기에 그렇게 생각했지만 그러기에는 왠지 조금 이상한 점이 많았다.

우선 첫 번째로 자신보다 먼저 첫 번째 바벨의 탑의 주인이 되었다면 당연히 72마신을 그냥 둘 리가 없는데, 진운이 나타나기 전까지 마신들조차 바벨의 탑 주인이 나타난 것을 모르고 있었으니 말이다.

거기다 첫 번째 바벨의 탑도 진운에게 준 것처럼 차원 이동 능력이 있는 게티아 같은 것을 준다는 보장도 없었다.

즉, 김현중이 첫 번째 바벨의 탑의 주인일지도 모른다는 추측은 어디까지나 진운의 견해일 뿐이었다.

정보가 없으니 너무나 허점이 많은 가설에 불과하다.

"하아, 정말 찾을 수만 있다면… 만나서 물어보고 싶네."

차원을 넘어가 버린 이상 사실 찾는 것은 거의 불가능에 가깝다는 것을 진운 본인이 더 잘 알고 있기에 답답한 마음에 하는 푸념일 뿐이다.

그러다가 문득 진운이 지구를 떠난 이유에 대해서 생각하다가 웃음이 터져 버렸다.

"자식 교육 때문에 지구를 떠나 차원을 넘다니 진짜 괴짜일지도 모르겠구만. 후후훗……."

진운 본인이라면 어쨌을까?

생각해 봤지만 아무리 그래도 떠난다는 것은 결정 내리기 쉽지 않았을 것 같았다.

우선 부인이 아무리 자식을 위한다고 하지만 지구를 완전히 떠나 차원을 넘는 것에 동의했다는 것 자체가 진운에게는 더 궁금증을 유발시키고 있었다.

"설마 차원을 넘는 걸 무슨 엘리베이터 타고 왔다 갔다 하는 걸로 생각하는 건 아니겠지."

사실 진운 본인이 그렇게 생각했다가 지금 혼자 지구에 떨어져 있으니 충분히 생각해 볼 수 있는 문제지만 만약 자신이 그런 상황이라면 절대로 그러지 않았으리라.

무엇보다 진운이 아버지의 무덤이 있는 지구를 떠날 이유도 없고 생각도 없으니 말이다.

Chapter
동료
05

차락차락.

백호연이 가져온 차트 파일을 넘겨보던 진운이 마지막 장을 넘기고 나서 조용히 파일을 덮으며 고개를 들었다.

"이 정도 자세한 정보를 제게 주시는 걸 보니 미끼가 되어 달라는 뜻인가요?"

진운이 파일을 읽어보니 자신이 바벨의 탑에서 자격 제한이 걸려 얻지 못한 정보까지 자세하게 기재되어 있다.

순간 왜 이렇게 많은 것을 오픈하는지 생각해 보았다.

하지만 그렇게 깊게 생각하지 않아도 금방 이유를 알 수 있었다.

백호연이 그리워하는 김현중과 분위기가 닮아서? 아니면 마스터이기에?

둘 다 아니었다.

그가 추적하고 있는 일루미나티 녀석들이 진운을 스스로 찾아왔기 때문에 진운을 어떻게든 끌어들이려고 하는 것이다.

그것을 눈치챈 진운이 고개를 들면서 별다른 말 없이 돌직구를 던지자 백호연이 고개를 끄덕였다.

"맞아. 어차피 속여서 끌어들일 생각은 없고, 먼저 알고 있다면 나로서는 이야기하기 편하니 좋은 게 좋은 거지."

화통한 성격답게 진운을 속일 생각은 전혀 없었던 것이다.

물론 진운도 백호연이 굳이 자신을 속일 이유를 찾지 못하기도 했다.

사실 진운의 마스터로서의 능력 자체만으로도 백호연에게는 이미 매력적인데 굳이 위험하게 일루미나티 때문에 진운을 속일 이유가 없었다.

물론 그동안 일루미나티를 힘들게 추적하던 백호연에게는 가만히 있어도 그들이 찾아오는 진운의 등장은 가뭄의 단비와 같은 존재였다.

"……"

　백호연은 모르겠지만 진운에게도 뜻밖의 아군이 생겼다는 것은 반가운 일이기도 했다.

　옛말에 적의 적은 동지라고 했다.

　일루미나티를 적으로 두고 있는 진운과 추적 중인 백호연은 서로 힘을 합치는 게 확실히 능률적이고 손해 볼 게 없었으니 말이다.

　하지만 문제는 진운이 레이나 이외에는 누군가와 호흡을 맞춰본 적이 없다는 것이다.

　사실 이렇게 걱정하는 게 백호연이 보기에는 이해가 가지 않을지도 모른다.

　그러나 진운에게는 제법 큰 문제였다.

　진운과 레이나는 뭐랄까, 이제 눈빛만 봐도 뜻일 통할 만큼 파트너로서 완전히 안정된 호흡을 자랑한다.

　그런 호흡이 이미 익숙해져 있는 진운에게 레이나가 아닌 다른 사람과 호흡을 맞추는 것은 그리 쉬운 일은 아니었다.

　그러한 고민에 진운이 대답을 미루자,

　"굳이 나와 같이 움직일 필요는 없다는 걸 미리 말해두지."

　"……?"

　힘이 필요하다면서 같이 움직일 필요가 없다는 말에 진운이 고개를 들자,

　"자네는 그냥 본래 하던 대로 움직이면 되네. 우리는 그걸

뒤쫓기만 할 테니까 말이야.”

한마디로 진운을 철저하게 이용하겠다는 말로 들렸지만 오히려 진운은 그게 더 편할 것이라 생각되었다.

“그러죠.”

“아, 그리고 자네가 만났던 테칸이라는 녀석을 웬만하면 죽이지 않았으면 하는데 말이야.”

백호연 딴에는 주의를 준다고 한 말이었지만 진운도 테칸을 죽일 생각은 없었다.

그에게서 얻어낼 정보가 백호연보다 더 절실한 진운이었으니 말이다.

그렇게 백호연과 진운의 대화가 보기 좋게 마무리될 때쯤, 갑자기 백호연의 손목에서 요란하게 알람이 울렸다.

찌리리리릴!

마치 아날로그식 괴종시계가 요란하게 울리는 듯한 소리였다.

소리가 울리는 것과 동시에 백호연의 표정이 급변했다.

벌떡 일어선 그가 문밖으로 나가려다 멈추고 진운을 뒤돌아보았다.

“자네도 같이 가는 것이 어떤가?”

“네? 어디를……?”

“내가 왜 일루미나티 녀석들을 뒤쫓고 있는지 이유가 궁금하다면 한번 따라와 볼 텐가?”

뜬금없이 따라오라는 백호연의 말에 영문을 몰랐지만 굳이 오라는데 진운도 뺄 생각은 없기에 자리에서 일어섰다.

“아마 이제부터 자넨 평범한 생활은 하기 어려울 거야.”

괜히 으름장 놓는 듯한 말에 진운은 담담한 목소리로,

“이미 제게 평범한 생활이란 것은 일루미나티가 사라지지 않는 한 불가능합니다.”

“하긴 그렇기도 하군.”

일루미나티 때문에 가족이라고 생각하는 소지훈과 김미영까지 대륙으로 피신시킨 마당에 더 이상 진운에게 평범한 생활이란 있을 수 없다.

백호연도 뒷이야기를 금세 짐작하고 고개를 끄덕였다.

그렇게 백호연과 밖으로 나와 그가 운전하는 차에 올라탄 진운은 영문도 모르고 무작정 30분량 움직였을까?

도시에서 많이 벗어난 곳으로 가던 백호연이 차를 멈춘 곳은 그들이 있던 건물에서 제법 외곽으로 보이는 산의 초입 부분에 해당하는 듯했다.

“여기에 뭐가 있다는 거죠?”

진운은 산세가 그리 험해 보이지도 않고 그저 흔하게 볼 수 있는 적당한 높이에 산으로 자신을 데려온 것이 이상해 물어보았다.

"음, 아직 시간이 남았으려나?"

대답도 없이 시계를 보고 하늘도 보고 하는 것을 보니 무언가 기다리는 눈치이다.

"누가 오기로 했습니까?"

"아니. 이런 일은 비밀이 생명이라 아는 사람이 적을수록 좋아서 본래 나 혼자 할 일인데, 자넨 견학 겸 일루미나티가 무슨 짓을 하는지 직접 눈으로 봐두는 것이 좋을 것 같아서 말이야."

"설마 국가 등급 비밀이거나 그런 건 아니겠죠?"

아무래도 국가 공인 마스터라고 했으니 그가 움직이는 일이 평범한 일은 아닐 것이다.

그리 짐작하고 슬쩍 물어보자 백호연은 씨익 웃더니,

"맞아."

"어쩐지 느낌이 이상하더라니."

국가 비밀이라고 해서 여기까지 온 마당에 진운도 돌아갈 생각이 있는 것은 아니다.

일루미나티에 관한 거라면 뭐든지 알아야 하는 마당에 찬밥 더운밥 가릴 처지가 아니니 말이다.

다만 진운은 도대체 백호연이 어떤 권한, 아니, 힘이 있기에 국가 등급 비밀의 일을 처리하는데 마치 동네 편의점 가는 길에 같이 가자는 식으로 말하는지 이해가 조금 안 갔다.

"해가 지려면… 아직 두 시간 정도 남았구먼."

그러고는 자신의 차 뒤로 가더니 트렁크에서 커다란 상자를 하나 꺼내었다.

벌컥!!

마치 화가 난 사람처럼 거칠게 상자를 열었는데, 그 속에는 마치 중세시대 기사들이 착용하던 갑옷 같은 느낌의 건틀릿을 닮은 권갑과, 어깨 부분과 팔을 보호하는 견갑이 들어 있었다.

"간만에 써볼까나."

나름 애지중지하는 물건인 듯 손질이 잘되어 있고, 수리 흔적이 그리 많지 않고 깔끔한 것이 꽤나 중요한 물건처럼 보였다.

"이거… 무기 같은데……."

영춘권을 사용하는 권법가가 권갑과 견갑을 쓴다면 이건 갑옷의 용도라기보다 공격하기 위한 무기라고 봐야 했기에 슬쩍 물어보자,

"잘 아는군."

"그야 권법가가 건틀릿 같은 무쇠 장갑을 쓴다면… 누가 봐도 무기죠."

진운은 당연한 것이라는 듯 말했다.

피식 웃은 백호연이 조용히 착용했다.

끼릭끼릭.

권갑과 견갑은 백호연의 몸에 꼭 맞춘 듯 너무나 잘 맞았다.

익숙하게 착용하고 마지막 조이는 작업까지 마무리하는 데 불과 1분도 걸리지 않은 것을 보면 거의 주무기라고 봐도 과언이 아닐 듯했다.

보기에는 육중해 보이는 것과 달리 손가락부터 어깨를 돌리는 데 전혀 거슬리는 느낌도 없다.

특히나, 무쇠 덩어리인데 섀도우 복싱을 하듯 몸을 풀고 있는 백호연의 몸에서 그 어떤 쇳소리조차 들리지 않는다는 것에 진운은 조금 놀랐다.

대륙의 기사들도 갑옷을 입기에 진운에게 백호연의 견갑과 권갑은 오히려 익숙한 물품들이었다.

하지만 조금만 움직여도 동네가 떠나가라 시끄러운 대륙의 기사들이 입는 갑옷에 비교하면 어째신들이 입어도 전혀 이상하지 않을 만큼 소리가 전혀 없으니 그 점은 매우 신기했다.

"후~ 좋아! 준비 끝!"

쾅!

치직~

유일하게 소리가 난 것은 지금처럼 백호연이 의도적으로

양 주먹을 부딪쳤을 때뿐이다.

그런데 백호연의 양 주먹이 서로 부딪쳤을 때 언뜻 찰나의 순간이지만 마나가 폭발적으로 터지는 듯한 느낌을 받았다.

"저기 백호연 씨."

"백호연 씨? 그냥 형이라고 불러."

"저기… 나이가 좀 많으신데……."

마스터이기에 액면가로 나이를 짐작하기 힘들다는 것은 이미 진운 본인이 알고 있기에 슬쩍 말을 돌리자,

"그럼 형님이라고 부르던가?"

만난 지 몇 시간 만에 형님이라고 부르라고 하는 백호연의 성격에 진운은 잠시 고민하는 듯하다 말했다.

"그런 호연 형님이라고 부르겠습니다."

진운이 이름을 붙여서 부르려고 하자 백호연이 손을 내밀어 흔들더니,

"연 형이라고 불러. 다들 그렇게 부르니까."

"……."

무슨 애칭도 아니고 연 형이라고 부르라는 백호연의 말에 진운이 잠시 머뭇거렸다.

"그냥 편하게 생각해. 사실 열 손가락으로 꼽을 만큼 숫자가 적은 게 우리 마스터인데 좀 친하게 지내면 어때? 거기다 자네는 나처럼 국가에 소속된 것도 아닌데 크게 상관없지

않아?"

"…그러죠, 연 형."

어차피 계속 백호연과는 인연을 이어야 하는데 차라리 그쪽에서 먼저 의도적이긴 해도 다가와 준다는 데 빼는 것도 아니다 싶어 진운이 흔쾌히 대답했다.

"크하하하하! 그래, 그거야. 남자라면 그렇게 대찬 맛이 있어야지."

유독 백호연은 진운이 자신의 말을 따라주는 것에 크게 좋아하는 듯했다.

이 부분을 진운은 잘 모르고 있는 점이었다.

백호연은 왠지 진운이 현중과 닮은 것이 마음에 들었다.

하지만 이상하게 그놈의 도도한 성격까지 닮은 것은 영 마음에 들지 않았던 것이다.

그래서 일부러 좀 더 친하게 밀어붙여서, 현중과는 다르게 애초에 처음부터 자신을 형님이라 부르는 관계를 확립시키고자 했다.

생각해 보면 참 별것 아닌 것 같지만, 백호연에게는 은근히 자존심이 걸린 일이라 나름 공을 들이고 있는 것이다.

과거 김현중에게는 명령받으면서 은근히 기죽어 있던 것이 못내 불만이었던지라 진운을 만나면서 다시 밖으로 튀어나온 것인지도 몰랐다.

　김현중에게 받지 못했던 어른으로서 인정받고 싶은 오기라고 해야 할까?

　아무튼 진운은 처음부터 왠지 백호연의 페이스에 말려든 느낌이지만 좋은 것이 좋은 거라는 본래의 성격 때문에 그냥 따라주고 있다.

　진운은 백호연에게서 아직 알아내야 할 것이 많았고, 웃기지도 않은 경제 논리를 따지자면 현재 상황상 백호연이 갑(甲)이고 진운은 을(乙)이니 말이다.

　거기다 은연중에 백호연은 진운에게 슬쩍 말까지 놓고 있다.

　치익!!

　찌잉!.

　"……!!"

　"……!!"

　타이밍이 절묘하다고 해야 할까?

　백호연과 진운이 서로 호칭에 대해서 대충 정리를 끝냈을 무렵, 백호연의 권갑에서 스파크가 터졌다.

　동시에 진운의 손에 끼워져 있는 게티아에서도 신호가 왔다.

　백호연은 마치 기다리던 것이 왔다는 듯 웃는 표정이지만, 진운은 뜻밖의 상황에 게티아가 반응하자 설마 테칸이 다시 나타난 것인가 하는 생각이 들었다.

하지만 그렇다고 하기에는 너무나 빠른 것 같았다.

"왔군."

"……?"

"진운도 마스터이니 굳이 보호해 주지 않아도 되겠지?"

인사치레같이 하는 말에 진운은 오히려 웃으면서,

"그런 친절은 제 쪽에서 사양하겠습니다."

"크크크크큭, 곧 죽어도 남자다 이거군. 좋아, 그럼 내 뒤를 바짝 따라오라고!"

텅!

말이 끝나는 것과 동시에 백호연의 몸이 허공에 뜨더니 순식간에 십여 미터가 훌쩍 넘는 곳으로 가버렸다.

"참 알기 쉬운 사람인데 반대로 은근히 귀찮은 면도 있는 사람이네."

처음과 달리 백호연이 그리 싫은 것은 아니지만 은연중에 자신을 아랫사람 대하듯 하는 게 그렇게 기분이 좋지만은 않은 진운이다.

우선 현재 리더는 백호연이었으니 진운도 몸 안의 마나를 활성화시키고는,

훌쩍!

백호연과 달리 조용히 지면을 박차고 뛰어올라 백호연이

내려앉은 곳보다 조금 더 먼 곳의 나무 위에 사뿐히 내려섰
고,

　탁～

　발이 나뭇가지에 닿자마자 활시위를 떠난 화살처럼 산속
으로 백호연을 따라 사라져 버렸다.

　찌이잉～～

　"반응이 강해지고 있어."

　백호연을 따라 점점 산속으로 들어갈수록 게티아의 반응
이 강해지는 것을 느끼면서 진운도 긴장하기 시작했다.

　테칸과 싸울 때 게티아가 없는 자신이 얼마나 무력한지 깨
달은 뒤로 자만심을 이미 버렸지만 게티아가 반응한다는 것
부터 이미 마신과 관련이 있다고 생각해 최대한 정신을 집중
하는 중이다.

　"……?"

　제법 산속으로 들어왔다고 생각될 때 총알처럼 사라졌던
백호연이 더 이상 움직이지 않고 있는 것을 느끼고 나무 위에
서 땅으로 내려섰다.

　"왔군."

　간단하게 진운에게 한마디 한 백호연의 눈동자가 사뭇 진
지해졌다.

“나왔다!”

마치 진운이 나타나기를 기다렸다는 듯 갑자기 백호연의 정면에서 마나와 비슷하지만 전혀 다른 느낌의 기운이 진운의 몸을 통과하듯 지나갔다.

“……!”

진운은 자신의 몸을 통과한 이 이질적인 기운이 뭔지 알 수는 없지만 느낌만으로도 기분이 더러웠다.

“자네는 구경만 해.”

쾅!

성격 급한 백호연은 말을 끝맺는 것과 동시에 지면이 움푹 파일 만큼 강하게 발돋움하고는 총알처럼 정면으로 쏘아져 나갔다.

꽈앙!!

마치 수류탄이라도 던진 듯 엄청난 굉음이 진운의 귓가에 울렸다.

쾅!!

하지만 백호연의 공격이 실패했는지 다시 익숙한 소리가 들리고는,

치치칙!!

백호연의 권갑과 견갑에서 어둠을 밝힐 만큼 선명한 스파크가 피어오르더니 마치 고압전류를 둘러쓴 것처럼 사방에

스파크를 튕기면서 백호연이 날아다니기 시작했다.

쾅쾅쾅쾅!!

어떻게 된 것이 백호연이 가는 곳마다 요란한 소리가 일어나고, 강한 진각 때문인지 흔적을 남겼다.

몇 번 날아다니기만 했을 뿐인데도 진운이 서 있던 주변은 전쟁 중에 적 포탄의 집중 포격이라도 맞은 것처럼 아주 난장판으로 변해 버렸고, 지금도 더 엉망으로 변하는 중이다.

확실히 백호연의 공격은 위력과 퍼포먼스, 파괴력 면에서 정말 진운도 혀를 내두를 만큼 강력했다.

하지만 뭐랄까, 너무나 위력에 집중한 탓인지 직선적인 공격이 많은 편이다.

불필요한 움직임을 최소화한 동작과 움직임으로 공격에 기교나 화려함은 찾아볼 수도 없었다.

"하지만… 따라잡고 있어."

기교나 화려함이 없는 백호연의 공격은 직선적이지만 그만큼 불필요한 움직임이 없어서인지 빠르진 않지만 확실하게 시커먼 그림자 같은 녀석을 따라잡고 있다.

만약 진운이 백호연에게 쫓기는 입장이라면 정말 까다로울 것 같았다.

어디를 어떻게 공격할지 다 알고 있지만 피할 수 없고 그저 막는 것이 최선인 그런 공격을 하면서 끈질기게 따라붙는 것이 목구멍까지 독종이라는 말이 올라왔다.

퍼억!!

치치치치치익!!

"결국."

인간 승리라고 할 만큼 끈질기게 따라붙은 백호연의 주먹이 허공을 교차하는 순간 가죽 북을 때리는 소리와 함께 강렬한 스파크가 번쩍이더니,

쿵!!

땅으로 내려선 백호연의 모습이 진운의 시야에 들어왔다.

그런데 가만 보니 어디서 주웠는지 어깨에 여자 하나를 둘러메고 있는 것이 아닌가?

"누구죠?"

"아, 피해자야."

"피해자?"

사실 이곳에 오는 와중에도 별다른 설명이 없었기에 무슨 말인지 영문을 몰랐다.

백호연은 어깨에 메고 있던 여자를 땅에 살며시 내려놓았다.

축 늘어진 여자는 마치 죽은 것처럼 움직임이 없었다.

"죽은 거 아니다."

혹시나 하는 마음에 백호연이 슬쩍 말하자 진운이 고개를

끄덕이면서,

"알고 있어요."

마나의 흐름을 볼 수 있는 진운의 눈에 여자의 몸에 흐르는 마나가 보였다. 굳이 백호연이 말하지 않아도 살아 있다는 것 정도는 충분히 알 수 있었다.

다만 한 가지 의문이 있었다.

백호연의 주먹이 여자의 몸에 적중했을 때, 검은 그림자가 사라지면서 게티아의 진동도 뚝 끊어졌다.

왜 그런지 알 수 없었으나, 게티아의 존재를 백호연에게 말할 순 없어서 진운은 그저 입을 다물고 있기로 했다.

"아, 이번에도 헛다리네."

여자를 내려놓은 백호연이 한숨을 내쉬면서 실망한 표정이자,

"어떻게 된 건지 설명해 주시면 좋겠습니다만."

"아, 미안. 하지만 눈으로 봤으니 대충 뭔가 미스터리한 일이라는 것쯤은 알겠지?"

시커먼 그림자가 날아다니는 것을 봤으니 굳이 강조하지 않아도 그건 진운도 알고 있다.

하지만 진운이 원한 것은 그런 게 아니라는 뜻을 강력하게 담아 백호연을 쳐다보자,

"알았어. 작년부터 갑자기 중국 내 처녀들이 사라지기 시

작했거든."

"처녀라면 이 여자도?"

"맞아. 작년 초에 갑자기 가족을 맨손으로 찢어 죽인 다음 사라졌던 여자지."

"……"

진운은 백호연의 말을 듣다 맨손으로 가족을 찢어 죽였다는 말에 슬쩍 기절해 있는 여자의 손을 쳐다봤다.

하지만 사람은커녕 닭 모가지 비트는 것도 힘들 만큼 가늘고 연약해 보인다.

"처음에는 그저 이상한 일이라고 생각했던 정부에서도 그런 사건이 100건이 넘게 발생하자 결국 나에게 부탁해서 지금까지 움직이는 중이야."

"백… 건이라면……?"

"공식적으로 100건이고 아직 알려지지 않은 것까지 합하면 대충 500건은 될 거라는 게 내 생각이지."

중국 땅이 워낙 넓다 보니 정부에서 모든 것을 관리하고 지휘하는 것은 불가능하다.

국가의 힘이 미치는 곳은 주요 도시나 경제적으로 중요한 곳이 대부분이다.

그런데 그런 곳에서 100건이 발생했는데 정부의 눈 밖에 있는 외지는 어떻겠는가?

실질적으로 백호연이 따로 조사한 것만 해도 벌써 400건이 넘었으니 정부의 조사는 빙산의 일각일 뿐이다.

"이놈의 마족들, 어떻게 바퀴벌레보다 더 질기냐. 나 참."

"……?!"

푸념을 섞인 백호연의 말을 듣던 진운이 깜짝 놀란 것은 바로 마족이라는 말 때문이다.

"연 형, 방금 뭐라고 하셨죠?"

"응? 아, 바퀴벌레보다 질긴 마족이라고."

"마족이요?"

진운은 백호연에게서 들을 줄은 몰랐기에 놀라서 되물어봤지만, 백호연은 진운의 놀란 표정을 보고 단지 마족이라는 것에 놀라는 것으로 오해하고는,

"그래, 10년 전에 거의 전쟁을 치르듯 싸워서 거의 처리했다 싶었는데… 그놈의 백련교 잔당들 때문에 벌써 몇 년째 이 고생인지 모르겠어."

그리고는 천천히 진운에게 이야기를 시작했다.

백호연은 자신과 마족과의 전쟁, 마족을 처리하기 위해서 각국의 공인 마스터들이 힘을 합쳤다는 것까지 숨김없이 진운에게 말해주었다.

다만 이상하게 백호연의 활약상이 이야기의 주된 내용인 것이 조금 각색한 티가 났지만 진운은 그 점은 굳이 태클 걸

지 않았다.

"그러니까 연 형 말에 따르면 김현중이 10년 전에 마족과 전쟁을 했다는 말인가요?"

"맞아. 지금 내가 쓰는 무기도 그때 그 녀석이 뭐… 인젠 드… 였나?"

"인챈트?"

"맞아. 인챈트! 어라? 너 그걸 어떻게 아냐?"

순간 진운은 백호연의 엉망인 기억력 때문에 무심결에 인챈트라는 단어를 내뱉어 버리고는 급히 후회했지만 이미 늦어버렸다.

하지만 진운이 입을 다물자 다시 하던 말을 시작한 백호연 덕분에 그냥 넘어갈 수 있었다.

"아무튼 그때 인챈트라는 것을 해줘서 마족한테는 거의 무적에 가까울 만큼 위력을 발휘하는 무기로 바뀌었지."

쾅!!

자랑스럽게 자신의 권갑을 낀 주먹을 강하게 부딪치면서 진운 앞에 보여주자 진운은 그 강렬한 스파크, 그리고 백호연의 주먹에 맞는 순간 검은 그림자가 사라져 버린 것이 그제야 이해가 되었다.

하지만 지금까지의 이야기를 토대로 생각해 봐도 게티아와 백호연의 무기가 동시에 반응했다는 것만큼은 무슨 이유인지 아직 알 길이 없는 진운이다.

마법사가 아니니 말이다.

만약 레이나가 이 자리에 있었다면 지금 백호연의 무기에 김현중이 어떤 짓을 했는지 약간이라도 알 수 있을지 모르지만, 단 일격에 게티아의 반응이 사라질 만큼 완벽하게 소멸시켰다는 것만으로 그저 마족에게 대단한 저항력을 가지고 있다고 짐작할 뿐이다.

그저 백호연의 권갑과 자신의 게티아가 어쩌면 동류일지도 모른다는 생각이 든다.

게티아의 존재를 드러낼 수 없으니 그저 짐작만 할 뿐이지만 말이다.

"이제 어쩌죠?"

진운이 백호연이 만들어놓은 난장판을 보면서 물어보자,

"어차피 내일이면 정부에서 사람이 나와 주변 조사한다고 알아서 처리할 테니 우린 이대로 떠나면 돼."

무책임이 무엇인지 권력 위에 있는 자들의 전형적인 사고방식을 얼핏 본 것 같지만 딱히 진운도 백호연의 생각이 잘못되었다고는 생각하지 않았다.

각자 역할이 있는 법이니 말이다.

막말로 억울하면 마스터가 되어서 백호연처럼 사고치고 다니면 되는 것이다.

“……!!”

“……!!”

거의 끝나가는 분위기에 진운과 백호연이 일어서는 순간,

치직!!

찌잉!!

또다시 백호연의 권갑에서 작은 스파크가 피어올랐고, 진운의 게티아가 신호를 보내왔다.

“이런, 너도 감이 좋은데?”

이번에는 서로 마주 보고 있어서인지 자신과 거의 동시에 마족이 다시 나타났다는 것을 알아차린 것에 백호연이 놀라워한다.

“그러는 연 형도 빠른데요?”

슬쩍 대화를 흘리려고 진운이 말을 건네자 보기 좋게 걸려든 백호연은,

“당연하지. 이 무기를 착용하고 있는 한 마족이 내가 있는 근방에 나타나면 바로 신호가 오거든. 정확도가 거의 고성능 레이더 수준이라서 말이야.”

진운의 말 돌리기를 덥석 물어버린 백호연은 자신의 권갑 자랑에 진운이 자신과 동시에 마족의 등장을 알아차렸다는 사실이 머릿속에서 사라져 버렸다.

“그나저나 온몸이 짜릿한 걸 보니 숫자가 장난 아닌가

본데."

백호연의 말에 진운이 고개를 돌려보니 정말 백호연의 주먹부터 어깨까지 끊임없이 스파크가 일어나는 모습이 마치 영화에서 전기를 사용하는 히어로를 보는 것 같았다.

특히나 해까지 떨어진 어두운 산속이라 그런지 미세하지만 끊임없이 스파크가 일어나 은은하게 백호연의 양팔이 빛나기까지 했다.

"…온다!!"

전방을 주시하던 백호연의 목소리가 커지는 것과 동시에, 어둠이 내려앉은 산속의 밤보다 더 어두운 그림자가 사방에서 어지럽게 날뛰기 시작했다.

"쳇, 적어도 열 놈이네."

너무나 어지럽게 날아다니는 통에 정확한 숫자는 모르지만 어림잡아 열 마리는 가볍게 넘어 보였다.

쾅!!

치지지지직!!

사실 순수하게 스피드만 따지면 백호연은 지금 나타난 검은 그림자 녀석들을 상대로 불리했다.

다만 백호연의 권갑이 가지는 특성 때문에 한 방이라도 제대로 맞기만 한다면 검은 그림자는 소멸해 버리기에 파괴력이 느린 스피드의 약점을 메울 수 있다.

“저도 나서야겠네요.”

진운도 상황이 이렇게 되자 백호연만 보고 있을 수는 없기에 앞으로 나서려고 하자,

척!

백호연이 팔을 뻗어 진운을 막았다.

“마족은 특정 무기가 아니면 타격은커녕 건드리는 것조차 못해.”

정신체로 이루어진 마족의 특성을 그동안 겪어봐서 잘 아는 백호연이 진운이 맨손으로 나서는 모습에 막은 것이다.

하지만 그런 백호연의 말에 진운은 씨익 웃으면서 백호연의 팔을 슬쩍 치우더니 대범하게 녀석들이 날아다니는 곳의 중심으로 걸어 들어갔다.

“위험해!”

지금까지 검은 그림자 형태를 가진 마족들이 주변에서 날뛰기만 한 것은 모두 일격에 자신들을 소멸시킬 수 있는 무기를 가진 백호연 때문이었다.

그런데 돌연 맨손으로 진운이 튀어나오자 검은 그림자들의 움직임이 갑자기 빨라지기 시작했다.

“만용이야, 그런 건!!”

마스터라도 자신처럼 특별한 무기가 없으면 마족은 거의 꿈에 나올까 무서운 엄청난 녀석들이다.

그 사실을 알기에 백호연이 곧장 진운의 뒤를 쫓으려고 하
는 순간,

"뒤의 여자나 잘 지키세요."

멈칫!

뒤도 돌아보지 않고 나직하게 말하는 진운의 말에 자신도
모르게 걸음을 멈춰 버린 백호연이다.

사실 이 여자도 마족에 씌어서 그 난리를 쳤을 뿐이지 여자
자체는 평범한 사람이었던 것이다.

거기다 나라의 녹을 먹는 형편인 백호연은 진운의 말에 본
능적으로 걸음을 멈출 수밖에 없었다.

탁탁탁탁탁!!

백호연이 진운의 말에 걸음을 멈추는 순간, 진운의 주변을
날뛰던 검은 그림자들이 일제히 진운을 향해 쏟아지기 시작
했다.

샤샤샤샤샤샤샤샤샤샤샷!!

마치 날카로운 것이 공기를 가르면서 쏟아지는 듯한 소리
가 들리면서 순식간에 진운의 몸이 검은 그림자로 둘러싸여
버렸는데,

씨익~

검은 그림자가 사방에서 둘러싸는데도 진운은 오히려 입
가에 웃음을 지었다.

그가 몸을 작게 웅크리면서 팔과 다리를 자신의 품으로 모
으는 듯하더니,

팡!

퍼걱!!

순식간에 진운의 주먹이 움직였다.

그와 동시에 검은 그림자 하나가 달려들던 속도만큼 빠르
게 뒤로 날아가 나무에 부딪쳤다.

그렇게 날려간 검은 그림자를 본 진운은 입가에 미소를 띠
면서,

"게티아를 낀 주먹으로 직접 때리면 결국 같은 거지."

스르르륵.

나무에 부딪친 검은 그림자가 부서지듯 가루로 변하면서
사라졌다.

그곳에서 20대 초반의 여자 모습이 나타나 기절한 듯 그대
로 쓰러져 버리는 것이다.

그런데 쓰러진 여자보다 백호연은 진운을 보고 더욱 놀란
표정이 되었다.

"소념두(小念頭)!!"

백호연은 영춘권으로 마스터에 올랐다.

그런 그가 영춘권의 가장 기본적 투로 중 하나인 소념두를
알아보지 못할 리가 없다.

“어떻게… 영춘권을…….”

체술에도 엄청난 능력과 잠재력이 있음을 아는 백호연도 입을 떡 벌리고 놀라고 말았다.

소념두는 영춘권에서 기본으로 통하지만, 마지막까지 완성이 힘들다고 알려질 정도로 심후한 투로였다.

그것을 진운이 사용할 줄은 꿈에도 몰랐다.

본래 영춘권은 크게 세 가지 투로와 치사오라는 대련 수련, 그리고 이소룡의 수련 장면으로 유명해진 전통 수련 도구인 목인장이 유명하다.

영춘권은 그 탄생부터 좀 특이한 편이라 수련을 위해서 다른 무술과 달리 목인장이 없어서는 안 되는 것으로, 나무로 만든 독특한 모양의 인형을 사용하는 수련법이 대표적이라고 할 수 있다.

나무로 만들어진 목인장 수련을 가장 중점으로 하는 편이고, 목인장을 때리는 소리만으로도 수련의 깊이와 실력을 판가름할 만큼 영춘권에서는 목인장은 떼려야 뗄 수 없는 관계다.

영춘권 하면 목인장이라는 인식이 대표적일 정도로.

하지만 실제로 영춘권의 핵심은 바로 소념두를 시작으로 심교, 그리고 표지로 이어지는 기본 투로였다.

그렇기에 백호연도 영춘권을 배우면서 목인장 수련에 시

간을 많이 들이긴 했지만, 치사오라는 대련 수련보다 투로에
중점을 두었기에 진운의 자세를 한 번에 알아볼 수 있었다.
그런데 진운이 영춘권을 알고 있다는 것도 놀랍지만 백호
연이 알고 있는 소념두와는 약간 다른 것 같기도 했다.
펑!! 펑펑펑펑!!
맨손으로 진운이 마족을 때려잡고 있다는 것보다 진운이
영춘권을 자신만큼 사용할 줄 안다는 것에 더 충격을 받은 백
호연의 눈은 오직 진운의 움직임만 쫓고 있었다.

영춘권
Chapter
06

"후우……."

그저 서서 오는 적을 향해 주먹을 찌르기만 하면 되었기에 진운이 검은 그림자를 처리하는 데는 그리 오랜 시간이 걸리지 않았다.

사실 진운도 처음부터 영춘권을 쓰려고 했던 것은 아니다.

바벨의 탑에서 반쪽짜리 마스터라는 것을 스스로 인식하고 있기에 그 모자란 부분을 메우기 위해 탑이 저장하고 있던 모든 무술과 체술을 미친 듯이 배운 진운은 레이나와 실전 대전도 밥 먹듯이 했다.

　　그러다 보니 머리로 배운 것을 기억하는 게 아니라 몸으로 기억하게 되었는데, 방금 검은 그림자들의 공격이 자신에게 집중되는 순간 머리보다 몸이 먼저 가장 최적의 자세를 취했는데, 그게 영춘권의 소념두 자세였던 것이다.

　　본래 영춘권은 중국 명나라 시절 소림사가 불타면서 탈출한 오매 선사가 우연히 피신하면서 알게 된 엄영춘이라는 여자에게 자신의 무술을 알려주면서 시작되었다.

　　사실 엄영춘은 마을에서도 미모가 뛰어나기로 유명했는데, 본래 예쁜 꽃에는 벌레가 꼬이는 법인지 불량배가 찾아와 자신의 아내가 되라고 하루가 멀다 하고 협박하고 횡포를 부리기가 일쑤였다.

　　마침 우연히 엄영춘이 협박당하는 것을 본 오매 선사가 그 자리에서 불량배를 쫓아내 버렸지만 나쁜 놈들일수록 뒤끝이 심한 법이다.

　　그들은 오매 선사가 잠시라도 자리를 비우면 귀신같이 알고 와서 또다시 엄영춘을 괴롭히는 일이 계속 벌어지자, 결국 오매 선사는 자신이 알고 있는 무술을 알려주기로 한 것이다.

　　하지만 오매 선사는 소림사의 사람으로 얼마 뒤 떠나가게 되었는데, 오묘하면서도 어려운 무술의 모든 것을 전해주기는 애당초 무리라는 것을 알고 있었다.

　　그래서 엄영춘을 위해 기존에 알고 있던 무술을 과감하게 재구성하고, 오로지 직선적이고 단순한 움직임으로 효율적으로 방어와 공격이 가능한 무술을 만들어 가르쳤다.

이것이 바로 영춘권이 태어난 배경이다.

그러다 보니 여자에 맞춰진 권법의 특성상 방어와 공격을 동시에 하면서도 짧고 간결하게 공격하는 것이 특징이다.

특히 영춘권만의 특징인 짧고 간결하며 빠른 연격이, 마침 검은 그림자에게 둘러싸인 진운이 본능적으로 적합하다고 판단한 움직임과 맞아떨어진 것이다.

다만 백호연이 알고 있는 투로와 살짝 다를 수밖에 없는 것은 진운이 배운 것은 바벨의 탑에 저장되어 있던 과거 엄영춘의 투로를 그대로 배웠기에 조금 달라 보일 뿐 기본적인 것은 다를 게 없었다.

오히려 과거보다 백호연이 알고 있는 엽문 노사께서 전한 형태가 더 진화되었다고 할 수도 있지만 그건 개인차가 좀 있는 편이다.

물론 진운이야 바벨의 탑에 있는 것을 무조건 죽자 사자 익혔을 뿐이니 그런 것을 알 리가 없다.

"…모두 열세 명이네."

모든 것을 깨끗하게 끝낸 진운은 자신이 처리한 숫자를 세어보고는 슬쩍 게티아를 쳐다보았다.

그는 이번 일로 한 가지만은 확신할 수가 있었다.

"게티아의 마신에 대한 절대 마법 방어가 없어졌을 뿐 역시 예상대로 게티아에 마나를 흘려 넣어 직접 때리면 백호연의 권갑과 같은 역할을 할 수 있어."

만약 자신의 판단이 틀렸다면 진운은 고민 없이 곧바로 칼라드볼그를 꺼낼 생각까지 하고 있었다.

물론 검이라는 특성상 마족에 썬 사람까지 베어버리기엔 뭣해 가능하면 최후의 수단으로 남겨뒀을 뿐이지만 말이다.

"뭐해요?"

진운은 기절한 사람들을 옮기다 백호연이 멍하니 자신을 바라보고 있자 물었다.

하나 그는 대답이 없다.

말하기 좋아하고 적당히 잘난 척하며 나서길 좋아하는 백호연이 자신을 가만히 보는 모습에 고개를 갸웃거리자,

"너… 스승이 누구냐?"

"왜 그러시죠?"

"너 방금 마족 상대로 쓴 그 권법, 영춘권 맞지?"

진운은 잠시 생각하더니 고개를 끄덕였다.

의도해서 쓴 것은 아니지만 영춘권은 틀림없으니 말이다.

다다다다!!

갑자기 진운의 앞으로 황급히 다가온 백호연이 양손으로 어깨를 붙잡으면서,

"누구에게 배웠냐?"

"네? 그건 왜 물으시죠?"

바벨의 탑이 가지고 있는 기록을 기본으로 혼자 배웠으니 딱히 누구에게 배웠다고 말하기가 애매해 진운은 대답을 슬쩍 피했는데 이번만큼은 백호연도 흥분하여 그를 놓아두지 않았다.

"누구냐? 누구기에 완벽하게 투로를 가르칠 수 있었지?"

권법은 사실 독학으로 어느 정도 수준에 올라간다는 것은 극히 불가능한 일이다.

특히나 영춘권은 그 투로와 대련 방식, 그리고 목인장을 이용하는 것까지 도저히 독학으로 배울 수 있는 게 아니다.

누군가에게 사사하는 것이 당연하다고 생각되는 권법 중 하나이기에 지금 백호연이 이렇게 흥분하고 있는 것이다.

영춘권은 이소룡의 스승인 엽문 노사에 의해 제법 보편화되었고, 실제로 이소룡의 절권도가 영춘권을 베이스로 만들어졌다는 것은 아는 사람은 다 아는 사실이다.

하지만 백호연은 자신이 아는 것과 미묘하게 다른 진운의 자세 때문에 지금 스승이 누군지 궁금해 미칠 지경이었다.

엽문 노사에 의해 퍼진 형태가 아니라 마치 한 명의 여성이 움직이듯 부드러우면서도 자연스러움이 묻어나는 공격을 직감적으로 느낀 백호연은 진운을 가르친 사람이 여성이라고 확신하고 있었다.

"혹시 너를 가르친 사람이 여자냐?!"

"어? 어떻게 아셨어요?"

진운은 자신이 스승이라고 부를 만한 존재는 레이나가 유일했기에 다른 의미로 놀랐다.

동상이몽이라고 했던가?

묘하게 서로 간에 오해가 있지만 대화가 되는 이상한 상황이다.

"역시… 자세가 부드럽다 했더니……."

백호연은 자신의 예상이 맞았다는 것에 생각에 빠졌고, 진운은 혹시 자신 실수라도 했나 떠올려 보았다.

지금까지 진운이 맨손으로 상대한 경우는 많지만 백호연처럼 단번에 여자에게 배웠다고 알아챈 사람은 없었으니 말이다.

다만,

"역시 지구가 대륙의 마스터보다 수준이 더 높은 건가?"

진운에게만은 대륙의 마스터가 심각하게 평가 절하되는 중이었고, 대륙의 마스터가 평가 절하되는 만큼 오해도 절로 깊어졌다.

*　　*　　*

투타타타타타타타타타타타타타!!

"이제 오는구먼."

한 명이라면 몰라도 무려 열네 명의 여자를 모두 데리고 갈 만큼 백호연의 차는 크지 않았다.

무엇보다 백호연이 자신의 궁금증을 풀고 싶은 마음에 어그적거리는 바람에 결국 군 헬기까지 부르는 사태가 되어버렸다.

하지만 그런 것조차 백호연이 전화 한 통에 끝내는 권력을 보여주는 것을 보면 도대체 국가 공인 마스터라는 것이 얼마나 대단한 것인지 진운으로서는 도무지 짐작조차 하기 힘들었다.

군을 움직인다는 것 자체가 웬만한 권력으로는 쉽지 않은 일이니 말이다.

척척척!!

일사불란하게 헬기에서 내린 군인들이 백호연의 손짓에 열네 명의 여자를 모두 데리고 사라지는 데 걸린 시간은 헬기가 모습을 드러내고 불과 5분 남짓.

확실히 그들이 어중이떠중이는 아닌 게 확실했다.

"이제 돌아가서 좀 쉬어볼까?"

간단하게 일을 끝냈다는 생각인지, 마치 커다란 곰 한 마리

가 기지개를 켜듯 양팔을 하늘로 뻗으면서 온몸을 늘어뜨렸
다.

다시 본래 모습으로 돌아온 백호연은 진운을 보더니,

"자네는 이제 어쩔 텐가?"

"저요? 뭐… 저도 돌아가야죠."

"호텔로?"

"네."

진운은 당연히 자신이 갈 곳은 검도부가 있는 호텔이기에
대답했지만 백호연은 잠시 생각하는 듯하더니,

"뭐 그게 우리한테는 좋긴 한데, 쩝, 괜히 미안해지네."

이제 와서 양심에 찔렸는지 미안해하는 모습에 진운은 손
사래를 쳤다.

"어차피 서로 윈윈하려고 손잡은 것이니 전 괜찮습니다."

"쩝."

냉정하다 느껴질 만큼 잘라 말하는 진운의 모습에 백호연
은 떫은 감을 씹은 듯 잠시 인상을 찡그렸다가 곧 폈다.

"뭐 시간이 필요한 법이니까."

아직은 아니라는 듯 혼자 중얼거리더니 산을 내려와 가는
길에 호텔 앞에 내려주고는 가버렸다.

"…서로 시간이 필요한 법이죠. 아직은."

진운도 못내 아쉬워하는 백호연의 모습에 살짝 미안한 마

음이 들었다.

하지만 아직 진운의 입장에서는 백호연을 100% 완전히 신뢰하는 것이 아니다.

만난 지 몇 시간 만에 이만큼 친해진 것도 백호연이 그만큼 다가왔으니 가능했던 일이다.

신뢰라는 것이 본래 몇 번 만났다고 절로 생기는 것이 아닌 것을 진운이 더 잘 알기에 본인도 뭔가 뒷맛이 씁쓸한 기분을 느끼면서 호텔 안으로 들어가려는데,

"어? 진운 선배?"

자신을 부르는 소리에 고개를 돌려보니 아까 나가 버렸던 검도부의 남자 녀석들이 들어오다 진운과 딱 마주친 것이다.

"이제 오는 거야?"

"네. 중국 대륙의 기운을 저희의 몸 안에 품으려고 동분서주했죠. 하하하하하!"

몸에서 여자 향수 냄새가 풀풀 나는데 뻔한 거짓말을 하는 녀석들을 보고 진운은 피식 웃으면서,

"몸에 향수 지우고 들어가. 방에 여자들한테 걸렸다간 알지?"

흠칫!

그리 크지 않은 목소리였지만 효과는 대단했는지 검도부

전원의 동작이 올 스톱하더니 곧장 화장실로 사라져 버렸다.

"좋을 때다."

누가 들으면 나이 좀 먹은 어른이 하는 말투를 너무나 자연스럽게 내뱉은 진운은 그 길로 걸음을 옮기려다 엘리베이터 앞에서 자신의 모습을 보고는,

"남 말 할 처지가 아니구만, 나도."

상의 손목 부분과 어깨, 그리고 허리 부분에 립스틱 자국이 몇 개 보였던 것이다.

"산에서 여자들을 옮기다가 묻은 건가?"

사실 마족을 처리하고 생존자 처리가 급했기에 자신의 옷차림은 신경 쓰지 않았다.

자신이 했던 말이 있기에 결국 진운도 화장실로 향해야만 했다.

사실이야 어찌 되었든 진운의 모습은 마치 클럽에서 여자와 정열적으로 젊음을 불태우고 왔다고 해도 변명의 여지가 없었으니 말이다.

같이 화장실에서 서로 다른 흔적을 지우던 진운과 검도부 남자들은 동시에 겨우 숙소에 도착했다.

물론 여자들의 잔소리는 결코 피할 수가 없었다.

그런데 그렇게 한참 잔소리하던 홍지연이 진운을 보더니,

"선배."

“응?”

“갔을 때 칭화대 검도부 도장 많이 부서져 있던가요?”

뜨끔.

잠시 양심에 찔리긴 했지만 고의가 아니었고 백호연이 알아서 처리한다고 했으니 시치미를 뗐다.

“응.”

“그래요? 도대체 얼마나 부서졌길래 검도 도장을 새로 짓는다고 이번에는 그냥 쉬다 돌아가라고 하는 건지…….”

“응? 도장을 새로 짓는다니?”

“몰랐어요? 오늘 저한테 호텔로 연락이 왔는데요, 갑자기 하늘에서 벼락이 떨어져서 도장 지붕이 날아가고 입구가 부서지고 바닥이 뒤집어져서 아예 새로 지어야 할 정도라서 이번에는 미안하지만 중국 관광 왔다고 생각하고 쉬다 돌아가라는데요.”

순간 진운은 자신이 그 정도로 부쉈나 생각해 봤지만 결코 그건 아니었다.

겨우 입구 문짝 좀 날렸으니 말이다.

그 외 파손 부분이 있다고 하더라도 거의 들어가는 입구에만 집중되어 있지 그 외는 건드리지 않았다.

그런데 홍지연의 말을 들어보면 아주 도장이 박살이 났다고 하니 어이가 없었던 것이다.

"그 정도는 아니던데."

차마 자신이 부줬기에 크게는 못하고 조용히 한마디 한 진운이지만 홍지연이 몸을 돌려 소파로 가버리는 바람에 듣지 못한 듯하다.

"아, 진운 선배."

"응?"

"내일 칭화대 쪽에서 일부러 여기까지 왔는데 미안하다고 관광 안내할 사람 호텔로 보내준다고 했어요."

뭐 그쪽에서 일방적으로 약속을 취소했으니 그 정도는 당연하다고 생각하지만 그걸 왜 자신한테 이야기하는지 모르겠다.

"그래? 그런데 왜 그걸 나한테……?"

진운이 물어보자 홍지연은 미간을 찡그리면서 소파에서 일어서더니 진운의 곁으로 다가왔다.

"현재 진운 선배만큼 중국어 잘하는 사람이 없잖아요."

순전히 진운의 중국어 실력 때문이란 말에 오히려 진운이 홍지연을 손가락으로 가리키자,

"전 그냥 대충 보디랭귀지랑 섞어 쓰는 수준이에요."

귀찮다는 표정으로 몸을 돌리는 모습에 진운은 직감했다.

'거짓말.'

듣기로 홍지연은 칭화대에서 서울을 방문했을 때 통역 겸

안내를 해준 적도 있다고 한다.

그 사실은 남자들한테 분명히 들었기 때문에 진운은 눈을 살짝 가늘게 뜨고 말없이 바라보았다.

"왜 그런 눈으로 절 봐요?"

한 치 부끄러움도 양심에 찔릴 것도 없다는 듯한 홍지연의 당당한 눈빛을 보고 있자니 자신이 왜 여자애와 이런 데 힘을 낭비해야 되는 것인지에 대한 허무함이 밀려와 한숨을 내쉬었다.

"알았다."

결과적으로 진운은 귀찮기도 하고 여자애한테 이겨서 뭐 하겠냐 하는 생각에 포기해 버렸다.

"그럼 부탁해요. 전 내일 시연이랑 백화점이랑 면세점 쇼핑 가야 해서요."

"……."

여자는 쇼핑에 살고 쇼핑에 죽는 동물이라고 누가 말했던가?

결단코 그건 100% 맞는 말이라고 진운은 소리치고 싶은 심정이 되었다.

결론적으로 자기가 하고 싶은 것 하기 위해서 내일 사라지니 진운에게 모든 것을 떠넘긴 것이다.

그것도 쇼핑을 위해서 말이다.

우연히 듣긴 했지만 여자들이 구두를 지칭할 때 애기라고
하고, 가방을 자기라고 한다고 한다.

진운은 설마 홍지연도 그런 여자가 아닐까 하는 생각이 잠
깐 들었다.

진실은 홍지연 본인만 알겠지만 말이다.

마족과 싸우고 백호연과 헤어졌지만, 이상하게 진운은 지
금부터 더욱 바빠질 것 같은 예감이 들었다.

＊　　　＊　　　＊

"린네예요."

"정진운입니다."

아침 일찍 홍지연과 이시연이 사라져 버린 후 진운이 맞이
한 사람은 칭화대에서 사과의 의미로 관광 안내를 위해 보낸
사람이었다.

그녀는 이제 새내기 티가 줄줄 나는 여학생이었다.

"오, 여자다!"

"미인이다!!"

"와! 죽인다!!"

어제 클럽에서 그렇게 놀고도 린네를 보고 환장하는 검도
부 남자 녀석들을 보고 있노라니 과연 홍지연이 어떻게 이런

녀석들을 길들였는지 진운으로서는 정말 신기할 따름이었다.

만약에 홍지연이 이 자리에 있었다면 아마 신사인 척하면서 내숭 떨었을 테니 말이다.

덤으로 검도부 매니저인 홍지연의 눈치를 살피면서 눈동자 돌리기에도 바빴을 것이다.

진운이야 이미 홍지연에게 칭화대에서 누가 온다는 말을 들었기에 미리 준비하고 있었지만 늘어지게 자다 일어난 검도부 녀석들은 뒤늦게 서로 씻겠다고 난리법석인 통에 결국 진운은 린네를 데리고 호텔 1층 카페로 내려와야만 했다.

"……."

"……."

사실 처음 보는 젊은 남녀가 서로 마주 보고 앉아 있으면 웬만한 선수가 아니고서는 침묵이 흐르는 게 당연하다.

가뜩이나 여자에 대한 면역이 없는 진운인데, 검도부 녀석들과 달리 여자에 대한 관심도 별로 없기에 커피를 마시면서 조용히 창밖을 바라보고 있을 뿐이다.

만지작만지작.

하지만 진운과 달리 린네는 진운의 그런 무관심한 태도가 더 불편한지 커피잔을 몇 번 만지더니,

"혹시 어디 가고 싶은 곳 없으세요?"

안내를 해야 하는 입장에서 상대가 뭔가 요구를 해야 계획도 세우고 일정도 잡는데 린네 앞에 앉아 있는 진운은 도통 말이 없으니 답답하기 그지없다.

그러다 결국 견디다 못한 린네가 먼저 말을 걸었지만,

"별로……. 린네 씨가 마음대로 정해도 될 겁니다. 녀석들은 아무 데나 가자고 해도 좋아할 테니까요."

"……."

한마디로 식당에서 가장 짜증나는 메뉴인 아무거나와 맞먹는 아무 데나 가자고 하자 한숨부터 나오는 린네였다.

사실 린네는 이제 막 검도부에 들어온 새내기로 당연히 이런 궂은일은 막내가 하는 법이었기에 억지로 이 자리에 왔다.

문제는 린네가 그리 쾌활한 성격이 아닌데다 붙임성도 없어서 이런 안내역을 잘하는 성격이 안 된다는 것이었다.

그런데 막상 와보니 S대 검도부에서 가장 연배가 높아 보이고 리더로 보이는 진운의 반응도 영 시큰둥하니 한숨부터 나온 것이다.

"그럼 천지서커스 아세요?"

"아니요."

"그럼 부국해저세계(아쿠아월드)는 가보셨어요?"

"아니요."

"그렇다면 이화원도 안 가보셨죠?"

“네.”

“설마… 중국이 처음이세요?”

“네.”

단답형의 끝을 보여주는 진운의 대답이다.

린네는 결국 진운의 중국이 처음이라는 말에 잠시 뭔가 적는 듯하더니,

“그러면 다른 검도부원도 중국이 처음이신가요?”

“모릅니다.”

“…….”

순간 린네는 진운을 보면서 시원하게 머리를 한 대 후려치고 싶은 생각이 불쑥 들었다.

하지만 차마 그러진 못하니 대신 탁자 아래로 손을 내려 잠시 주먹을 불끈 쥐었다가, 이내 모든 것을 놓아버린 표정으로 혼자서 일정을 짜기 시작했다.

좋든 싫든 오늘 하루 자신이 붙어 다녀야 하는 일행의 리더이기에 아침부터 싸워봐야 결국 손해 보는 건 자신이었던 것이다.

그나마 다른 사람들처럼 치근덕거리지 않는다는 것이 다행으로 생각되었으나 너무나 무심한 것도 왠지 기분이 나빠지는 린네였다.

물론 이런 분위기도 씻고 준비를 마친 남자부원들이 우르

르 몰려들어 떠들기 시작하면서 금방 사라져 버렸지만 말이
다.

하지만 중국어로 대화를 나눌 만한 수준의 언어 능력을 가
진 게 진운뿐이다 보니 어쩔 수 없이 하루 종일 진운과 부딪
쳐야 하는 린네였다.

어색한 사람과 함께 있는 게 얼마나 피곤한 일인지 피부로
느끼고 있는 린네는 우선 부국해저세계로 일행을 데리고 갔다.

대륙의 스케일에 걸맞게 이곳은 아시아에서 가장 큰 수족
관으로 기록되어 있다.

2만여 종이 넘는 해양생물을 구경할 수 있는 곳으로, 중국
관광을 오는 사람들은 거의 필수 코스로 들른다고 알려져 있
었다.

안내역은 초보인 린네도 그 정도 지식은 있기에 괜찮으리
라 여겨 이들을 이곳으로 데리고 온 것이다.

"와, 이거 규모가 장난 아니네."

"그러게. 여수 엑스포에 있는 것은 명함도 못 내밀겠구만."

당연히 린네의 예상대로 검도부 남자들은 부국해저세계에
들어서자마자 눈 돌아가게 하는 많은 구경거리와 함께 생전
처음 보는 물고기들에 정신을 뺏겼다.

설마 이런 멋진 곳을 보고도 과연 무심함을 유지할 수 있을
까 하는 생각에 린네는 진운을 쳐다봤다.

그런데 뭐랄까, 분명 구경은 하고 있지만 흥미가 없다고 해야 할까?

친분이 없는 린네가 봐도 마치 싫은 곳에 억지로 끌려와 건성으로 보는 척만 하는 진운의 모습이 너무나 확연히 눈에 띄었다.

"재미없으세요?"

"멋지네요."

마치 A/S센터에 문의 메일을 보내면 자동으로 오는 답장 같은 대답이다.

하지만 따지고 들 수도 없고 괜히 그랬다간 분위기를 흐릴 것 같은 생각에 입을 다물어 버린 린네였다.

그러나 도대체 뭐가 그렇게 마음에 들지 않는지 불만스러운 기분이 드는 것은 어쩔 수 없었다.

물론 린네 입장에서는 진운의 이런 행동이 학교 간 교류를 생각하면 분명히 실례되는 행동이었다.

하지만 지금 진운은 편안하게 구경할 수 있는 상황이 아니기에 어쩔 수 없었다.

진운이 호텔을 나와 움직이기 시작하면서부터 그의 감각 영역에 걸리는 사람들이 있었던 것이다.

그냥 보기에는 잘 위장한 것 같지만 마나를 느낄 수 있는 진운의 감각을 속인다는 것은 애당초 불가능했다.

'군인? 특수요원?'

어떻게 보면 군인 같은 느낌도 있지만 그것보다 더 은밀하면서도 자연스럽게 진운의 일행 곁을 맴도는 것을 보면 특수 훈련을 받은 요원임이 확실했다.

애당초 일반적인 사람과 어느 정도 수련을 받은 사람의 마나 느낌은 확연히 차이가 나는데, 진운의 곁을 맴도는 사람들은 수련의 수준을 넘어 전문적으로 미행을 배운 듯한 사람들로 보였다.

그러니 마나가 평범할 리 없었다.

다만 살기가 없고 그저 감시만 하는 것이 오히려 지켜준다는 느낌을 받았기에 진운은 애써 모른 척하려고 했다.

하지만 자신을 지켜본다는 것을 알면서도 태연하게 연기하는 것에 익숙하지 않은 진운은 신경이 쓰일 수밖에 없었다.

모른 척한다고 하지만 신경이 쓰이는 만큼 다른 검도부원들과 달리 아시아에서 가장 큰 아쿠아월드인 이곳에 와서도 보이는 것은 물이요, 물속을 헤엄쳐 다니는 것은 그저 평범한 물고기로, 큰 감흥이 없었다.

확실히 아시아 최고 규모를 자랑한다고 소문이 날 만큼 컸고 구경할 것도 많았다.

길 가던 진운의 귀에 심심치 않게 한국말이 들려오는 것을 보면 한국의 관광객도 많은 듯했다.

특히나 한국 사람들이 관광할 때만 보이는 줄서서 이동하는 모습만 봐도 대충 한국 사람이라는 느낌을 받을 정도이니 말이다.

그런데 린네의 안내만 있을 뿐 사실 진운 일행은 딱히 제재하는 사람이 없다 보니 하나를 구경해도 한참을 보면서 즐길 것을 다 즐길 수 있었다.

그에 비해 여행사를 통해 관광 온 듯한 사람들은 마치 도장을 찍듯 잠깐 보고 사진만 죽어라 찍고는 5분도 안 돼서 가버리는 장면이 심심치 않게 보였다.

들어온 지 슬슬 두 시간이 지나가자 슬슬 지친 녀석들이 나타났다

아무리 볼 게 많아도, 구경도 해본 사람이 한다고 오래하면 지치는 것이다.

그렇게 지친 검도부원 한둘이 린네에게 접근해 보려고 슬금슬금 다가갔다.

하지만 새침한 그녀의 분위기와 함께, 결정적으로 대화가 통하지 않으니 포기는 매우 빨랐다.

결국 그들은 나중에 만날 시간과 장소를 정하고 뿔뿔이 흩어지기로 했다.

Chapter
마족
07

　진운은 어차피 시간 때우기였기에 그나마 사람의 왕래가 적어 보이는 곳에 앉아서 가만히 사람 구경과 물고기 구경을 동시에 하고 있었다.

　그 와중에 린네가 다가왔다.

　"뭘 그렇게 보세요?"

　"사람 구경이요."

　"……?"

　린네는 자신의 물음에 엉뚱한 대답을 하는 진운의 말에 고개를 갸웃거리더니,

"수족관에 와서 사람 구경을 해요?"

이상하다는 듯한 린네의 말에 진운은 피식 웃으면서,

"그도 그렇군요."

대충 넘겨 버리려는 듯 말하고 있지만 진운의 시선은 지금도 줄줄이 지나가면서 사진만 죽어라 찍고 우르르 몰려가는 관광객들을 보고 있었다.

린네도 진운의 입에서 자세한 대답을 듣기 어렵다는 것은 이미 아침에 대화를 통해 눈치채고 있기에 관광객들로 슬쩍 눈을 돌렸다.

"특이한 관광 방식이죠?"

눈치 하나는 빠른 건지, 정확하게 진운이 뭘 보는지 알아챈 린네의 물음에 진운은 고개를 끄덕였다.

"저도 가끔 한국에서 관광 오는 사람들을 보는데, 뭐랄까, 누군가에게 쫓기는 느낌을 받을 때가 많은데, 진운 씨가 봐도 그런가요?"

같은 한국 사람이니 슬쩍 물어본 것이다.

동시에 무뚝뚝한 진운과 어느 정도는 대화를 트고 싶다는 생각도 담겨 있을 것이다.

"그거 아세요?"

"네?"

진운의 입이 드디어 열리면서 뭔가 이야기할 것 같은 분위

기에 린네가 눈을 동그랗게 뜨고 진운을 쳐다보자,

"그랜드캐니언을 관광하러 오는 여러 나라 사람 중에서 그랜드캐니언을 가장 빨리 보고 떠나는 관광객이 바로 한국 사람이라는 것을요."

"얼마나 빠르기에……."

그랜드캐니언은 그 규모가 워낙에 커서 구경하는 데만도 반평생이 걸린다고 할 만큼 엄청난 크기이다.

보통은 5일에서 어떤 사람은 한 달까지 호텔을 잡고 구경해도 다 못 본 것이 안타깝다고 하는 곳이 바로 그랜드캐니언이다.

사실 딱히 크게 볼 것은 없지만, 자연이 만들어놓은 최고의 예술 작품이라는 평이 있을 정도이기에 좋아하는 사람은 정말 좋아하고 관광객이 제법 많이 오는 곳이기도 했다.

"30분."

"……."

순간 린네는 잘못 들었다는 듯 눈을 깜빡이면서 뭔가 생각하는 듯하더니,

"제가 잘못 들은 건가요? 방금 30분이라고 한 것 같은데……."

"맞아요. 그런데 더 웃긴 건 길게 잡아 30분이에요. 10분만에 사진만 찍고 바로 떠나는 여행사도 있으니까요."

"말도 안 돼요. 그랜드캐니언이 얼마나 큰데 그걸 10분 만에……. 한국에서 미국까지 비행기 값만 해도 얼마인데……."

린네는 진운의 말을 들으면서도 도무지 이해가 가지 않는다는 듯 고개를 흔들면서 피식 웃었다.

사실 그녀가 듣기에 진운의 말은 마치 클럽에서 여자들 흥미를 끌기 위해 농담을 하는 남자들이 하는 이야기 수준으로 들렸던 것이다.

당연히 그런 농담이라면 농담이었다고 말할 텐데 아니다.

"그러게요."

린네의 예상과 달리 진심이 느껴지는 듯한 한마디에 입가의 웃음을 지우면서,

"농담 아니었어요?"

라고 묻자 진운은 린네를 한번 슬쩍 보더니 손가락으로 한 곳을 가리키며,

"저 사람들, 어느 나라 사람 같나요?"

린네는 50대 이상으로 보이는 어르신들이 줄줄이 서서, 구경보다 사진 찍는 것에 오히려 열중하는 모습을 슬쩍 쳐다보았다.

"한국 사람들이네요."

워낙에 떠드는 소리가 있으니 어느 나라 사람인지 알아맞

히는 것이 그리 어렵지 않았다.

"보면 좀 이상해 보이지 않나요?"

"이상하다니 뭐가요?"

진운의 말에 다시 여행사를 통해 관광 온 한국 사람들을 본 린네는 고개를 갸웃거렸다.

수족관에서 사진 찍는 사람들은 너무나도 흔했고, 린네도 자주는 아니지만 이곳에 올 때마다 사진을 찍는 편이기에 전혀 이상할 게 없었다.

그런데 그런 모습이 이상하다고 말하는 진운의 모습에 도무지 무슨 생각을 하는 건지 전혀 모르겠다는 표정이다.

"왜 자신의 눈과 가슴이 아닌 카메라에 자신의 추억과 기억을 남기려고 하는 건지 이상하지 않나요?"

"그야 사진으로 추억을 저장하려고 그러는 게 아닐까요?"

진운의 말에 나름 괜찮은 대답을 하는 린네였지만 진운은 그런 린네의 말에 자조적인 웃음을 흘리며,

"걸어가면서 사진 찍는 시간 5분, 그에 반해 눈으로 서서 보는 시간은 불과 1분. 과연 추억이라고 부를 수 있는 것을 저장할 시간이 있긴 할까요?"

"그건 좀… 그렇긴 하네요."

이번 말에는 린네도 딱히 뭐라고 할 말이 없었다.

굳이 진운의 말이 아니라도, 지금 지나가는 사람들만 봐도

마치 누군가가 재촉하는 듯 눈으로 보는 사람보다 카메라 앵글을 통해 보는 사람이 더 많았으니 말이다.

마치 관광을 온 것이 아니라 사진을 찍으러 왔다는 느낌을 더 강하게 받았다.

비싼 돈 들여서 빡빡한 일정에 결국 한국에 돌아가서 남는 것이 있을까 하는 의문마저 들었다.

그러자 자연스럽게 린네는 진운을 보면서,

"진운 씨가 보기에 도대체 한국 사람들은 왜 저렇게 바쁘게 관광을 하는 거죠? 관광이잖아요. 보고 즐기기 위해 오는 건데 이건 좀 뭔가 잘못된 것이 아닌가요?"

진운이 말하기 전까지 린네도 한국 사람들의 관광은 저런 모습을 자주 봤기에 그냥 그게 당연하다는 생각을 하고 있었다.

그런데 가만히 들어보니 뭔가 너무 이상한 것이다.

비싼 돈은 기본이고 시간과 체력까지 써가면서 온 외국 관광이다.

눈으로 보고 즐기는 시간보다 카메라 앵글을 통해 찍는 시간이 많다는 것은 뭔가 앞뒤가 바뀐 것 같은 느낌이기에 같은 한국 사람인 진운에게 물어보자,

"린네 씨는 전공이 뭐죠?"

뜬금없이 린네의 전공을 물어보자 무심결에,

"역사학이에요. 중국학뿐만 아니라 아시아 문학을 전공하고 있어요."

"그럼 이해가 빠르겠네요. 전 그냥 강박관념 때문에 저렇게 관광한다고 생각해요."

"네? 뜬금없이 강박관념이라니요?"

뭔가 이야기가 이상하게 흘러가는 듯했지만 우선 가만히 들어보기로 했다.

그러면서 린네의 머릿속에서 진운에 대한 평가가 하나 생겼는데, 어쩌면 지금 자신의 눈앞에 있는 진운이라는 남자가 괴짜일지도 모른다는 생각이 머릿속에 조금씩 맴돌기 시작했다.

"아까 린네 씨가 말한 대로 돈, 시간, 체력까지 들여서 관광을 왔으니 뭐라도 남겨야 한다는 거죠. 한국에는 이런 말이 있어요. 놀러 갔다 오면 결국 남는 건 사진뿐이라는 거죠."

진운의 말에 린네는 또다시 고개를 갸웃거리더니,

"그거야 당연한 것 아닌가요? 놀러 다녀와서 남는 건 사진뿐잖아요."

누구나 여행을 가면 사진을 찍는다. 그리고 그것을 남기고 추억으로 간직한다.

특히나 일반 가정의 경우 사진을 모아둔 앨범이 그 가족의 역사가 되는 경우가 대부분이다.

누군가 태어나고 자라는 모습이 고스란히 사진에 선명하게 남아 있으니 말이다.

"저 모습이 린네 씨가 보기에 광광하러 온 걸까요, 사진을 찍으러 온 걸까요?"

"……"

진운의 말에 또다시 할 말이 없어져 버린 린네였다.

모든 한국의 관광객이 저런 것은 아니다.

하지만 대부분의 단체 관광을 온 사람들 중엔 저런 사람들이 많은 것도 사실이다.

뭐랄까, 맞는 말을 하는 것 같지만 같은 한국 사람인 진운의 입에서 나왔기에 린네에게는 더욱 이상하게 다가왔다.

"진운 씨는 이상한 사람이네요."

"제가요?"

"같은 나라 사람의 나쁜 점을 이렇게 적나라하게 말하는 사람을 전 처음 봤어요."

외국 나가면 다 애국자가 된다고 하던가?

특히나 한국 사람들은 그런 성향이 매우 강한 편이다.

물론 중국도 만만치 않다. 하지만 결속력이랄까, 땅덩이도 작은 나라치고는 한번 뭉치면 무슨 사고를 칠지 아무도 예상하지 못하는 의외성이 있기에 한국은 세계에서도 결속력 하나만큼은 최고로 생각하는 곳이 많았다.

하지만 그만큼 자신의 나라에서 온 사람을 나쁘게 말하는 경우는 잘 없기도 했다.

너무 감싸고돈다고나 할까?

그 예로, 한국에서 미국으로 유학을 간 대학생이 총기 난사를 해서 수십 명이 죽거나 다치는 사건이 일어난 적이 있다.

그런데 특이한 것이 미국 사람들은 총기 난사를 한 그 사람을 나쁘게 생각하고 그 사람이 태어나고 자란 나라에 대한 편견 같은 것은 전혀 없는 반면, 한국에서는 인터넷을 통해 한국을 미워하지 말아달라는 목소리가 크게 퍼졌다.

그러면서 몇몇은 미국의 대학이 왕따를 해서 견디지 못하고 그런 것이니 너무 나쁘게만 보지 말아달라는 말까지 나오기도 했다.

총으로 수십 명을 쏴서 죽고 다치게 한 장본인은 이미 잡혀 있는데 바다 건너 그 나라의 국민들이 나서서 사과하는 모습이 너무나 이해 불가했던 것이다.

"뭐, 개인차겠죠."

부스럭.

짧게 대답한 진운은 자리에서 일어서더니,

"한 시간 뒤 입구에서 보기로 했죠?"

"네? 아, 네. 나가는 입구에서요."

"그럼 그때 다시 봐요."

그리고는 훌쩍 사람들 속으로 사라져 버린 진운이었다.

그렇게 사라진 진운을 보던 린네는,

"특이한 사람이네."

처음 만남에서는 무뚝뚝하고 제멋대로인 사람이라는 생각에 괴짜 같은 느낌이 들었는데 이젠 조금 특이한 사람으로 보이기 시작했다.

*　　*　　*

"아, 저런 학생이나 감시하고 있어야 하다니……."

치익~

[어때? 특별한 움직임은 없어?]

야구모자에 뿔테안경을 끼고 어디서나 쉽게 볼 수 있는 평범한 모습을 한 청년은 귓속에 울리는 무전 소리에 슬쩍 오른손을 들어 귀를 건드렸다.

딸각.

마치 스위치가 켜지는 소리가 나더니,

"별 움직임은 없습니다. 린네와 이야기하고 있지만 별다른 특이점은 없는 것 같습니다."

치익!

[그래, 알았다. 감시 소홀히 하지 말도록. 상부에서 특별히

우리를 따로 뽑아 보낸 데는 다 이유가 있으니까 말이야.]

다시 귀를 만지면서,

"알겠습니다, 팀장님."

그리고는 조용히 손을 아래로 내렸다.

바로 옆에서 본다면 혼잣말을 하는 듯한 모습이 조금 이상해 보이기도 하겠지만 조금만 떨어져도 방금 청년이 누구와 무전을 주고받았음을 알 수 있다.

물론 그런 짐작조차 못하게 할 만큼 움직임이 완벽히 자연스럽긴 했다.

"하아, 뭐 편해서 좋긴 한데 이거 심심하구만."

군에서도 특별히 뽑힌 특수요원인 자신이 왜 저런 여행 온 학생을 감시해야 하는지 조금은 불만이 들었다.

하지만 세상살이가 원래 위에서 까라면 까야 하는 법이니 시키는 대로 하는 중이다.

딱히 크게 불만이 있는 것도 아니다.

현재 자신들의 목표인 정진운이라는 학생을 감시하기 위해 동원된 동료만 해도 열 명이다.

자신이 속해 있는 팀원 전원에게 진운이라는 학생을 감시하라는 임무가 떨어져 뭔가 중요한 인물이거니 했는데, 벌써 몇 시간째 지켜봤지만 평범하다 못해 너무나 특이한 게 없어서 찾아보기까지 했을 정도이다.

거기다 지금 진운의 옆에 있는 린네도 사실 칭화대 학생의 신분을 가지고 있지만 자신의 팀원이기도 하다.

사실 자신의 팀원에게 정진운을 감시하는 임무가 떨어진 이유도 알고 보니 린네가 칭화대 학생이기 때문이라는 것을 조금 전에 팀장에게 들었다.

사실 특수요원이라면 당연히 무슨 007 영화에 나오는 제임스 본드처럼 생사를 오가는 특별한 임무나 세상을 구하는 임무를 수행하면서 엄청난 미녀를 구하고 사랑에 빠지는 모습을 상상할지도 모르지만 현실과 영화는 엄연히 다르다.

치익!

[목표가 움직인다!]

잠시 한눈팔던 요원은 귓속에 들어 있는 무전 소리에 고개를 슬쩍 돌렸다.

린네랑 이야기를 나누고 있던 진운이 일어서더니 움직이기 시작했다.

그런데 천천히 걸어서 사람들 속으로 들어가더니 그대로 계속 직선으로 걸어서 다가오는 것이다.

"…어라?"

그 움직임이 요상했다.

마치 자신에게 똑바로 오는 것 같지 않은가!

요원은 그런 낌새가 느껴지는 순간 몸을 피하기 위해 엉덩이를 떼려 했다.

그 순간,

[물어볼 것이 있어서 그러니 그냥 있어주면 고맙겠습니다.]

멈칫!!

소란스러운 이곳 수족관의 소리와 완전히 상관없이 머릿속에 울리는 듯한 목소리에 엉거주춤한 자세 그대로 멈춰 버렸다.

그사이 진운은 자연스럽게 요원의 옆에 앉았다.

"처음 뵙네요."

싱긋~

해맑게 웃으며 자신을 보면서 인사하는 모습에 요원도 순간 당황했는지,

"그러네요."

대답을 하고는 곧바로 아차 싶은 생각에 시선을 돌렸지만 이미 늦었다.

치익!!

[야, 이 미친놈아!! 목표랑 접촉하면 어떻게 하자는 거야!!]

당연히 위에서 보고 있던 팀장의 불호령이 귓속의 초소형 무전기를 타고 고막을 강하게 때렸다.

정작 당사자는 억울했다.

'아, 진짜 내가 간 것도 아니고 먼저 온 걸 어쩌라는 거야.

팀장님도 다 봐놓곤 왜 큰소리치고 난리야, 정말.’

속으로는 지금도 무전으로 계속 난리치는 팀장의 무전을 완전히 무시하는 표정을 짓고 있지만 머릿속으로는 수만 가지 생각이 어지럽게 흩어졌다.

“위에 계신 분이 계속 시끄럽게 소리치나 보네요.”

흠칫!

자신의 귓속에 있는 무전기는 최신형으로 아주 작아서 귓속을 들여다봐야 겨우 알 수 있을 정도다.

절대로 겉으로 봐서는 알 수가 없는 것을 진운은 태연하게 알아채고 한마디 한 것이다.

놀라운 것은 진운의 말이 끝나자마자 갑자기 요원의 주변에서 시끄럽게 울리던 소음이 감쪽같이 사라져 버렸다는 사실이다.

“지금 저와 나누는 대화 내용은 그 누구도 들을 수 없을 겁니다.”

“……”

바로 옆에서는 지금도 사람들이 떠들고 있지만 어찌 된 일인지 자신의 귀에는 진운의 목소리 외에는 그 어떤 소리도 전혀 들리지 않았다.

이 상황에 당황한 듯 진운을 가만히 바라보던 요원은,

“…누구세요?”

하고 자신도 모르게 물었다.

씨익~

대답 대신 웃기만 한 진운은 애초부터 자신을 밝힐 생각이 없었는지 말을 시작했다.

"백호연 씨는 오지 않았나 보네요?"

"······!!"

진운의 입에서 백호연이라는 이름이 나오자 눈이 찢어질 만큼 크게 뜬 요원은 정말 놀란 목소리로,

"그분을 당신이 어떻게······?"

국가 공인 마스터라는 것은 그냥 허울 좋고 부려먹기 좋기만 한 직책이 아니다.

특히나 권법이 밑바탕에 깔려 있는 중국의 경우 영춘권으로 마스터에 오른 백호연은 무술을 하는 사람이라면 누구나 우러러보는 존재이다.

그런데 방금 진운의 입에서 백호연이라는 이름이 나오자 그 순간 요원의 머릿속에 스치듯 이번 임무는 백호연이 내렸을지도 모른다는 생각이 들었다.

"어쩌다 알게 됐어요. 그보다 열 분이나 저 하나 감시하느라 고생 많으시네요."

뜨끔!

현재 진운을 감시하기 위해 동원된 팀원의 숫자를 정확하

게 말하자 요원의 눈에는 진운이 이제 더 이상 사람으로 보이지도 않았다.

"린네 씨에게 제 비위 맞추려고 힘들어할 필요 없다고 전해주세요. 전 그냥 그대로 두는 게 서로에게 좋은 일이니까요."

그렇게 말하고는 진운이 일어서자,

치익!

[야!! 너 내 말 씹냐!! 왜 듣는 척도 안 해!!]

갑자기 귀를 때리는 팀장의 호령 소리가 무전기를 타고 들려왔다.

동시에 주변의 소음이 요원의 귀에 쏟아져 들어오기 시작했다.

씨익~

당황스러워하는 요원을 향해 웃음을 날려준 진운은 그대로 다시 사람들 속으로 사라졌다.

그런 모습을 멍하니 지켜보던 요원은 손가락을 귀에 가져다 대더니,

"팀장님."

[왜? 무슨 일이야? 무슨 이야기 했어?]

"저희가 감시하고 있는 것과 린네가 저희 쪽 요원인 것까지 목표는 다 알고 있습니다."

[……]

갑자기 불호령이 떨어지던 무전기에 침묵이 흐르더니 잠시 뒤,

치익!

[우선 이대로 임무 수행한다. 목표가 우리의 존재를 알고 있다고 해도 임무는 변함이 없다. 이상!]

그리고는 무전을 일방적으로 끊어버리는 팀장이다.

"팀장님?"

몇 번이나 다시 손가락을 귀에 대고 말해도 대답이 없는 것을 보니 무전기를 아예 꺼버린 듯하다.

결국 요원은 한숨을 짓고 자리에서 일어나 린네를 향해 다가갔다.

"무슨 일이에요? 진운 씨가 어떻게 알고 그쪽으로 간 거예요?"

린네도 갑자기 일어선 진운이 감시하던 팀원 중 하나에게 다가가 옆에 앉는 것을 보고 심장이 덜컥 내려앉는 충격을 받아 일어서지도 못하고 계속 앉아 있는 중이었다.

"들켰어"

"네? 그게… 무슨……?"

동료의 말에 린네가 놀란 얼굴로 되물어보자,

"자신을 감시하고 있는 우리 팀원 숫자까지 알고 있어."

“말도 안 돼요. 저희도 오늘 오전에 위에서 명령을 받아 임무 수행 중인데 그가 어떻게 알고……?”

모든 가능성을 떠나 린네와 팀원이 명령을 받은 것이 바로 아침에 출근하고 나서이다.

그리고 곧바로 린네가 진운이 묵고 있는 호텔로 왔으니 시간상으로도 누군가에게 연락을 받는다는 것은 도저히 불가능하다.

그런 상황에 알고 있다는 것이 믿어지지 않기에 되물어보았지만,

“너보고 굳이 자기 기분 맞춰주려고 노력 안 해도 된다고까지 하던걸. 아무튼 그쪽도 알고 있고, 그냥 대놓고 옆에 붙어 있으라는 팀장의 지시가 방금 떨어졌어.”

“알았어요.”

린네에게 할 말을 끝낸 요원은 다시 본래의 위치로 가려는 듯 진운이 사라진 쪽으로 천천히 걸어서 움직였다.

린네도 일어서더니 표정을 굳히고는 진운을 찾아서 움직였다.

커다란 고래가 헤엄치고 있는 모습을 보고 있는 그를 금방 찾을 수 있었지만, 곧바로 다가가진 않고 잠시 뒤쪽에서 진운의 모습을 한동안 지켜보다가 뭔가 특별한 움직임이 없다는 것을 다시 한 번 확인하고서야 진운의 곁으로 다가섰다.

“재미있나요?”

“……?”

화난 듯한 린네의 사나운 눈동자를 슬쩍 바라본 진운은 왜 그러냐는 듯한 눈빛으로 바라보았다.

“다 알고 있으면서 왜 모른 척했죠?”

“그야 그쪽에서 그걸 원한 것 같았으니까요.”

대답은 청산유수로 막힘없이 하는 진운이다.

“차라리 끝까지 모른 척하지 그랬어요? 갑자기 밝힌 건 왜 그런 거예요?”

린네는 그저 한국에서 온 학생으로 알고 있는 진운이기에 자신들이 뭔가 들킬 만한 행동이나 어설픈 짓이라도 했는지 생각해 봤다.

하지만 머릿속을 아무리 뒤져 봐도 그런 어설픈 짓을 할 사람들도 아니거니와 실전 임무를 수행한 횟수만 해도 두 자릿수가 넘어가는 경력을 가진 팀원들이기에 있을 수도 없는 일이다.

그렇다면 진운이 혹시나 한국의 특수요원인가 하는 생각에 혹시나 해서 일부러 잠시 뒤에서 지켜본 것이다.

하지만 너무도 자연스럽다고나 할까, 특수요원이라면 사람들은 모르지만 요원들끼리 통하는 특이한 행동이 한두 가지는 있게 마련이다.

　특히나 임무를 수행 중이라면 주변을 끊임없이 살핀다든
지, 아니면 무언가 찾는다든지 해야 하는데 진운은 그런 기색
이 전혀 없었다.

　그저 먼 산을 보거나 무언가 한 가지를 뚫어지게 보고 무슨
생각을 하는지 모를 표정으로 혼자만의 시간을 즐기는 듯한
모습이 린네가 본 진운의 전부였다.

　거기다 임무를 받을 때 이미 정진운에 대한 프로필을 받아
보았는데 너무나 평범했다.

　“뒤통수가 따가워서 참을 수가 없었거든요.”

　“하아, 정말 당신은 도대체… 누구죠? 한국 요원인가요?”

　사실 위장하려고 하면 얼마든지 자신들의 눈을 잠시 동안
은 속일 수 있었는데 그는 그러지 않았다.

　그렇기에 아예 대놓고 물어보는 린네였다.

　“아니요.”

　전혀 망설임이 없는 진운의 대답에 린네는 고개를 떨굴 수
밖에 없었다.

　도무지 속을 알 수가 없었던 것이다.

　칭화대에서 역사학을 전공했지만 린네의 특기는 바로 심
리학이다.

　진운 때문에 칭화대를 다니는 것이 아니라 순수하게 역사
학이 필요하다는 생각에 잠시 팀원과 떨어져 있던 린네는 자

기 공부를 위해 대학을 다니던 중 갑자기 떨어진 임무 때문에 진운을 만난 것이다.

그녀는 본래 심리학 박사학위와 잠시 동안이지만 CIA 쪽에서 심리학을 이용한 쪽으로 일했던 경력을 가지고 있었고, 이미 미국에서 열다섯 살에 대학 졸업까지 마친 천재였다.

그런 그녀의 눈에 진운은 처음부터 전혀 거짓말을 한 적이 없다.

이런 말이 있다.

사람의 입은 거짓을 말하지만 사람의 몸은 거짓을 말하지 않는다고 말이다.

거짓말 탐지기와 같이 기계를 이용해서 거짓말을 알아내는 방법도 있지만, 사람은 그 태생부터가 거짓말을 하면 어딘가 부자연스러워지는 게 너무나 당연한 동물이다.

그렇기에 심리학을 배우던 린네는 사람의 거짓말에 대해 흥미를 느껴 그것에 파고들었고, 실제로 자신만의 독보적인 능력까지 키우는 데 성공했기에 특수요원으로 있을 수 있었다.

그런데 그런 그녀의 눈에 진운은 거짓말을 할 때 보이는 특징이나 행동이 전혀 보이지 않았다.

그렇기에 린네는 조금의 의심도 없이 진운이 전혀 모른다고 판단했던 것이다.

사실 린네가 착각하는 것이 있는데, 진운은 거짓말을 할 필요가 없었다.

왜냐하면 있는 그대로 말하면 되었으니 말이다.

워낙에 성격이 무뚝뚝한 편이고 살갑게 대하는 편이 아니다 보니 오해를 사긴 하지만 거짓말을 하진 않았으니 린네가 모를 수밖에 없다.

그러니 린네는 괜히 요원 입장에서만, 자신의 기준으로만 진실과 거짓을 판단하려고 하고 있으니 제대로 보일 수가 없는 것이다.

"그럼 언제 제가 요원인 걸 알았죠?"

"처음 만났을 때."

"……."

방금 그 말도 진실인 것을 알아챈 린네는 저절로 한숨부터 나왔다.

"어떻게요?"

자신과 같은 특수요원도 아니고 아무리 뒤를 캐봐도 평범한 사람인 진운의 눈에 자신이 첫눈에 들켰다면 이건 심각한 무언가가 있다는 생각이 들었다.

그녀의 굳은 표정을 본 진운이 아무렇지 않게 답했다.

"그냥 눈에 보였으니까요."

"네?"

순간 진운이 농담하는 건가 하는 생각이 들 만큼 엉뚱한 대답이 들려왔다.

세상천지에 눈으로 보고 정체를 알았다고 하는 말을 믿을 요원이 어디 있겠는가?

당연히 린네는 오히려 화를 내면서,

"지금 농담할 기분 아니에요!"

은근히 살기까지 섞어가면서 진운을 노려봤지만, 그에게는 전혀 느낌도 없는 그런 별 볼일 없는 살기일 뿐이다.

"제가 농담한 적이 있나요?"

오히려 반박하는 진운의 말에 린네는 볼까지 잔뜩 부풀리면서,

"그럼 그 말을 믿을 사람이 어디 있나요? 첫눈에 당신이 요원인 것을 알았다고 말하는데 말이죠."

"…제가 제 입으로 요원인 것을 알았다고 한 적이 있나요?"

다시 말장난하듯 말하는 진운의 모습에 결국 폭발해 버린 린네는 진운의 얼굴에 자신의 얼굴을 바싹 가져다 대면서,

"내가… 물었잖아요. 내가 요원인 걸 언제 알았냐구요!"

이까지 빠득빠득 갈아가며 낮게 외쳤다.

주변에서 지켜보고 있는 다른 동료들 때문에 한 대 후려칠 수도 없는 것이 그녀에게는 만고의 한이었다.

"온몸으로 기운을 흘리고 다니는 여자가 평범한 대학생이

라는 말을 믿을 만큼 제가 어리숙하지 않아서 말이죠."

멈칫!

"당신, 정체가 뭐야?"

진운이 기운을 흘리고 다닌다는 말에 순간 화난 표정이 감쪽같이 사라진 린네는 굳은 얼굴로 나직하게 진운에게 물었다.

"궁금하면 백호연 씨에게… 아니, 연 형에게 물어보세요."

"연, 연 형? 너, 너, 사부님이랑 도대체 무슨 관계야?"

"응? 사부님이라면… 연 형이 린네 씨 사부라는 건가요?"

후다닥!!

순간 백호연의 이름이 나올 것은 짐작조차 못했던 린네는 당황했는지 진운의 곁에서 황급히 떨어졌다.

조금 전 린네에게 진운에 대해서 알려준 요원이 진운이 백호연을 알고 있다는 사실은 말해주지 않은 것이다.

린네와 이야기 도중에 팀장의 명령이 떨어져서 그걸 먼저 전하다 보니 잊어버린 것이고, 그 결과 린네는 스스로 백호연의 제자라는 것을 진운에게 말해 버린 꼴이 되어버렸다.

"후후훗."

그런 린네의 모습에 웃기만 하는 진운의 표정을 본 린네는 뭔가 억울한 기분이 가슴속에서 피어오르는 것을 겨우 삼켰다.

"정말 내가 졌네요. 완패예요"

린네는 억울하고 화도 나면서 뭔가 가슴속에서 치밀어 오르는 것이 있지만 그렇다고 시원하게 후려팰 수도 없다.

아니, 자신이 때린다고 진운이 순순히 맞아줄 것 같지도 않지만 말이다.

결국 항복 선언을 하고 진운의 옆으로 가자,

"그냥 옆에 있기만 하면 되는 거 아니었나요?"

"맞아요."

"그럼 옆에 있으세요."

빠득!!

잠시 린네의 입에서 어금니 깨무는 소리가 들렸지만 표정은 웃고 있다.

"그럴 거예요. 당신이 어딜 가든지 호텔로 돌아가기 전까지는 꼭 붙어 있어야 하거든요"

"뭐 저야 상관……."

린네의 말에 편안하게 대답하던 진운이 갑자기 말을 멈추더니 놀란 표정으로 뒤로 돌아섰다.

그가 수족관 한곳을 뚫어지게 쳐다보기 시작했다.

"왜 그래요?"

린네는 지금까지의 귀찮아하는 듯한 모습과 여유롭던 표정이 싹 사라진 굳은 얼굴로 황급히 물어봤지만 조용히 손을 뻗은 진운의 팔에 막혀 버렸다.

　지금 진운의 눈은 수족관의 수많은 사람 중 한 명을 보고 있는 중이다.

　'마기? 게티아에 반응이 미세하게나마 있는 것을 보면 마기가 확실한데…….'

　진운도 백호연이 일부러 요원을 풀어서까지 자신을 감시하는 것은 분명히 이유가 있을 것이라 생각하고 있었다.

　그 이유는 당연히 언젠가는 진운 앞에 나타날 일루미나티.

　백호연이 기다리는 것처럼 진운도 일루미나티가 나타나기를 기다리는 중이었다.

　그런데 린네와 대화 도중 갑자기 게티아가 미약하게 반응을 보인 것이다.

　황급히 뒤돌아본 그의 눈에 이제 서른 살 정도 되어 보이는 평범한 남자가 딱 들어왔다.

　게티아가 반응하는 것은 오로지 마기뿐이었으니 당연히 마족 아니면 마신과 관련된 녀석이라는 생각이 들었다.

　그도 그런 진운의 눈을 의식했는지 슬쩍 옆으로 자리를 옮기더니 비상계단 문을 열고 안으로 사라져 버렸다.

　"여기서 기다려요."

　진운은 그렇게 말하고는 곧장 사라진 남자를 쫓아서 비상계단 문을 열고 따라 들어갔다.

　"뭐야?"

린네는 갑작스런 진운의 행동에 놀라긴 했지만 훈련된 요원답게 귀에 손을 대더니,

"팀장님 목표가 움직였습니다. 추적 바랍니다."

치익!!

[알았다. 넌 그대로 대기하도록.]

"네? 그게 무슨 말씀이세요?"

당연히 자신도 진운의 뒤를 쫓아가려고 했는데 뜻밖에도 팀장의 대기 명령에 당황해서 물었다.

[팀장의 명령이야. 그냥 대기해.]

"팀장님!!"

일방적으로 무전을 꺼버린 팀장이다.

"뭐야? 이제 와서 날 빼겠다는 거야? 아무리 임시 호출이라지만 여기까지 와서 날 빼는 건 아니잖아."

이제 뭔가 활발하게 움직인다고 생각했던 린네는 가장 결정적인 순간에 자신을 빼는 팀장의 명령에 짜증을 내며 고민했다.

"따라갈까? 그랬다가 팀장님한테 엄청 깨질 텐데……. 아니야. 가자. 임시라도 복귀는 복귀니까."

결국 진운을 쫓아서 비상구 계단의 문을 연 린네였다.

Chapter 08
알렉산드로

"이게 다 뭐야?"

비상구 계단 문을 열고 통로에 들어선 린네는 위쪽에서 들리는 기척에 곧바로 위로 계속 뛰어 수족관의 옥상까지 올라갔다.

"……!"

옥상 문을 열고 나온 그녀의 앞에는 두 명의 동료가 목이 잘린 채 바닥에 피를 뿌리고 쓰러져 있었다.

다른 요원들은 품에서 권총을 꺼내 진운을 겨누고 있는 상황이었다.

“린네, 넌 대기하라고 했잖아!!”

문이 열리는 소리에 팀장은 뒤늦게 린네가 온 것을 알았지만 상황이 상황인지라 소리만 칠 뿐 다른 행동은 할 수 없었다.

그리고 린네의 시선이 진운에게 옮겨졌는데, 그의 손에 커다란 검 한 자루가 들려 있고 검에서는 핏물이 흐르고 있다.

“도대체 어떻게 된 거야, 이건.”

자신들이 감시하던 진운이 검을 들고 있다. 그 검에서 핏방울이 아직도 뚝뚝 떨어지고 있다.

갑자기 사라진 진운을 쫓아 여기까지 온 린네는 동료가 죽고, 진운이 그들을 죽인 듯한 이 상황을 단번에 이해하지는 못했다.

그녀가 어찌할 바를 모르는 와중에 진운이 툭 내뱉었다.

“린네는 아니었군.”

자신을 똑바로 쳐다보는 진운의 눈동자에 린네는 순간 온몸이 얼어붙는 느낌을 받았다.

무섭도록 시리면서도 차가운 그 눈동자와 마주하는 순간 마치 알몸으로 진운의 앞에 서 있는 느낌을 받았다.

무엇보다 온몸을 조여오는 보이지 않는 압력을 어찌할 수가 없었다.

방금 전에 이야기하던 평범한 진운의 모습은 전혀 찾아볼 수 없었고, 무엇보다 눈이 마주치는 것만으로도 손가락 하나 꼼짝할 수 없다는 것이 그녀를 더욱 당황하게 했다.

지금 이런 경험을 딱 한 번 한 적이 있는 린네는 진운을 보면서,

"설마… 마스터……?"

눈빛, 아니, 눈빛을 통해 자신의 기운을 폭사해 상대를 손대지 않고도 제압하는 능력을 가진 사람은 린네가 알고 있는 사람 중에 유일하게 백호연만이 가능한 기술이다.

그리고 백호연은 마스터였기에 진운도 마스터라는 결론이 나올 수밖에 없었다.

"쳇! 일제히 사격해!!"

팀장은 갑자기 진운을 향해 사격 명령을 내렸고, 요원들은 망설임없이 진운을 향해 총을 쏘기 시작했다.

탕탕탕탕탕!!

팅팅팅팅팅!!

하지만 진운을 향해 쏜 총알은 마치 허상을 통과하듯 진운의 몸을 통과해 바닥에 박혀 버렸다.

"젠장, 역시 마스터는 다르다는 건가. 별수 없군. 개방한다!!"

총이 진운에게 소용없다는 것을 확인한 팀장이 소리쳤다.

그와 동시에 린네가 잘 알고 있는 팀원들의 그림자가 벌떡

일어서더니 그들의 몸을 감싸기 시작했다.

그림자에 먹혀 버렸는지 바닥에 스며들기 시작한 그들의 모습에 린네는 너무나 놀라서 한마디 말조차 못하고 있다.

"그림자에 마기를 따로 숨기는 방법이라……. 많이 발전했군그래."

팀장의 명령이 떨어지자마자 갑자기 게티아가 강렬하게 반응하였다.

동시에 그림자에서 끈적끈적한 마기의 기운이 느껴지자 진운은 녀석들이 숨는 방법을 보고는 놀라워했다.

게티아마저 느끼지 못할 만큼 철저하게 마기를 그림자 속에 숨겨왔다는 것도 놀랍지만 백호연이 자신을 위해 보낸 특수요원들이 적이라는 사실에도 놀란 것이다.

처음 진운이 느낀 미약한 마기도 사실은 미끼였다.

진운을 이곳 옥상으로 불러들이기 위한 미끼 말이다.

지금까지 조용히 모른 척 있던 녀석들이 왜 갑자기 자신을 불러들였는지, 왜 공격을 하는지 이유는 진운도 알 수 없었다.

하지만 공격하니 반격하는 것은 진운에게 당연한 이치.

그래서 먼저 옥상에 숨어 있던 두 명의 목을 권총을 발사하는 순간 베어버렸던 것이다.

그리고 뒤따라 올라온 다른 요원들에 의해 둘러싸여 버린 순간, 린네가 쫓아와 이 모습을 보게 된 것이다.

크르르륵, 크륵!

그림자에 완전히 먹혀 버린 요원들은 사람으로서 기본적인 언어도 잊어버렸는지 마치 짐승처럼 크르렁거렸다.

그러나 오히려 날카로운 느낌은 더 강해져 있었다.

"일곱 마리라……."

이미 숲에서 열세 마리까지 상대해 본 경험이 있는 진운이었기에 일곱 마리 정도는 그리 어려운 게 아니었다.

거기다 백호연을 따라갔던 숲에서 만난 검은 그림자 녀석들과 달리 이놈들은 누가 봐도 스스로 원해서 마족의 힘을 받아들인 것으로 보였다.

굳이 베어버리는 것에 망설임도 없는 진운은 가만히 그림자 하나하나를 보더니,

"내가 갈까, 니들이 올래?"

크륵!!

팀장이었던 검은 그림자가 진운의 말에 흥분했는지 짧고 강하게 울자,

파파파파파팍!!

일곱 마리의 그림자가 동시에 진운을 둘러싸듯 빠르게 날아다니기 시작했다.

그런데 그 모습을 본 진운은 코웃음을 치더니,

“어째 숨는 건 발전하면서… 덤비는 건 그놈들이랑 똑같냐.”

서걱!

녀석들이야 날아다니거나 말거나 갑자기 앞으로 튕겨 나가더니 그대로 손에 들고 있던 검을 휘둘렀다.

크아아악!!

정확하게 세로로 이등분 된 그림자 녀석 하나가 허공에서 산산이 부서지더니,

철퍼덕!

뒤덮여 있던 그림자가 사라진 인간의 몸으로 돌아와, 똑같이 반 토막 난 시체 꼴이 되고 말았다.

“헉!!”

린네는 갑작스런 사건에 적응할 수 없었다.

동료가 갑자기 검은 무언가를 뒤집어쓰고 짐승처럼 변하더니, 진운이 그것을 단칼에 베어버렸다.

제발 꿈이길 바랐지만 그녀의 코를 자극한 피비린내가 그 바람을 이뤄질 수 없다고 알려주고 있었다.

스걱!!

털썩.

첫 번째 검의 궤적이 진운의 손에서 그려지고 난 뒤 돌아선 그는 거칠 게 없었다.

오히려 검은 그림자를 따라 잠시 사라지더니 여지없이 검은 그림자가 산산이 부서지면서 반 토막이 난 시체가 바닥으로 떨어지는 것만 보일 뿐이었다.

크르르륵, 크르르륵.

일곱 마리나 되던 검은 그림자를 모두 처리하고 이제 마지막 남은 녀석을 마주한 진운이 입가에 미소를 띠었다.

"머리부터 잘라줄까?"

라고 말하자,

부르르르.

본래 인간이기에 진운의 말을 알아듣는 듯 온몸을 떨기 시작했다.

특히나 진운이 검을 슬쩍 근처에 대기만 해도 검은 그림자는 마치 세상에서 가장 무서운 것을 본 양 기어서라도 벗어나려고 바동대는 모습까지 보였다.

"확실히… 마신을 죽이는 검이긴 하네. 시시한 마족이라는 녀석들은 근처만 가도 미친 듯이 벌벌 떠는 것을 보면."

그동안 자신이 칼라드볼그를 너무나 몰랐다는 생각을 잠시 하게 된 진운이다.

이 정도로 마족에게 적대적인 공포를 줄 줄은 몰랐으니 말이다.

일반 사람이 귀신을 봐도 지금 검은 그림자 녀석이 진운이

들고 있는 칼라드볼그를 봤을 때의 반응보다 약했을 테니 말
이다.

그때,

휙!

갑자기 빠르게 몸을 날린 검은 그림자 녀석이 린네에게 달
라붙더니,

크캬캬캬캬캬캬캬!!

마치 크게 웃는 듯 요란한 괴성을 지르더니 자신의 양팔을
날카롭게 만들어 린네의 목과 가슴을 찌르려는 듯한 모습을
취했다.

살려고 마지막 발버둥인지, 아니면 린네가 진운에게 약점
이라고 생각했는지 모르지만 뜬금없이 발악을 하는 것이다.

도망치는 것은 불가능하다고 판단하고 가까이 있던 린네
에게 들러붙은 녀석.

하지만 녀석의 예상과 달리 진운의 표정은 전혀 변화가 없
다.

저벅저벅.

오히려 검을 늘어뜨린 채 천천히 다가오고 있다.

그런 진운의 모습에 린네는 자신이 왜 이런 일을 당해야 하
는지 이해하지 못했다.

그러나 본능적으로 지금 자기가 뭔가를 하지 않으면 진운

의 저 검에 다른 동료들처럼 반 토막이 나서 죽을지도 모른다는 느낌만은 확실히 들었다.

그 순간, 심하게 흔들리던 그녀의 눈동자가 갑자기 딱 멈추었고, 진운도 그걸 알아챘다.

"하앗!!"

진운이 검을 휘두르면 닿을 거리에 도착하자 기다렸다는 듯 린네는 머리를 웅크렸다.

온몸을 최대한 작게 만들면서,

쾅!!

연약한 여자의 몸이라고는 생각하지도 못할 만큼 엄청난 진각과 함께 그녀의 팔꿈치가 뒤에서 붙잡고 있던 검은 그림자를 정확하게 때렸다.

그런데,

출렁~

마치 물이 들어 있는 커다란 고무풍선을 때린 듯 린네의 공격을 모두 흡수해 버린 검은 그림자는 오히려 웅크린 린네를 집어삼킬 듯 감싸 버리는 것이다.

공격이 성공했다면 탈출할 수 있는 기회였지만 마족에게 일반적인 공격이 통하지 않는다는 것을 모르는 린네는 결과적으로 최악의 한 수를 쓰게 된 꼴이 되었다.

"별수 없군."

진운도 사실 백호연의 제자라고 하기에 뭔가 한 수가 있는 줄 알았다.

하지만 팔꿈치를 이용해서 상대의 몸에 발경을 때려 넣는 공격을 하는 것을 보니, 아무리 그의 제자라도 해도 일반인인 모양이었다.

진운은 별수 없이 칼라드볼그를 등 뒤로 돌리면서 아공간 속에 넣어버렸다.

몰랐으면 모르지만 린네가 백호연의 제자라는 것을 알고 있는데 그냥 이대로 둘 수는 없었으니 말이다.

크캬캬캬캬캬캬캬캬!!!

진운이 칼라드볼그를 집어넣자 녀석은 자신의 작전이 먹혀들었다고 생각했는지 마치 승리의 괴성을 지르듯 크게 울부짖고서,

훌쩍!

그대로 린네를 품에 감싼 채 옥상에서 벗어나려고 뛰어올랐다.

그 순간,

"어딜 가?"

놈의 눈앞, 허공에 진운의 웃는 얼굴이 나타나자,

케케케켁!!!

당황했는지 허공에서 시커먼 팔다리를 마구 휘둘렀지만,

그런 것에 맞을 진운이 아니었다.

설사 맞는다고 해도 대미지가 강하지도 않았다.

가볍게 사방에서 찔러 들어오는 검은 그림자 녀석의 칼날을 피해 반쯤 파묻힌 린네의 몸에 손바닥을 슬쩍 가져가더니,

"흡!!"

몸 안의 마나를 폭발적으로 흔들었다.

동시에 진운의 손이 닿은 린네의 몸도 엄청나게 떨리더니 너무나 쉽게 검은 그림자의 품속에서 떨어져 나왔다.

케에엑엑엑엑엑!!

자신의 유일한 생명줄인 린네가 진운의 손에 다시 넘어가자 비명을 지르던 녀석이 별수 없이 살기 위해 옥상에서 그대로 뛰어내린 순간,

탕!!

"……!"

진운의 귀에 선명하게 들리는 총소리와 함께 정확하게 검은 그림자 녀석의 머리를 총알이 관통해 버렸다.

스사사삭.

게티아를 낀 진운의 주먹과 백호연의 권갑에 맞은 것처럼 총알이 관통한 녀석의 검은 그림자가 산산이 부서졌다.

정확하게 미간이 뚫린 채 이제는 시체가 되어버린 팀장의 몸뚱어리가 그대로 바닥으로 떨어져 내렸다.

다행히 녀석이 뛴 곳이 사람이 거의 다니지 않는 창고가 있는 쪽이기에 눈에 띄진 않았다.

"총을 맞고… 마족이 죽어?"

백호연의 말과 자신이 겪은 것을 종합해 봤을 때 도저히 있을 수 없는 일이다.

마족은 정신체이기에 어떤 물리적인 공격도 소용없다고 백호연이 말했었다.

방금 린네의 발경을 맞았을 때도 마치 물풍선처럼 흡수해 버렸었다.

"이제 그만 내려주시죠."

총알에 신경이 팔려 있던 진운이 뒤늦게 린네의 말에 안고 있던 것을 놓아주자,

찰싹!!

느닷없이 린네의 손이 회초리처럼 휘둘러지더니 진운의 뺨을 강하게 때리고 지나갔다.

"이게 무슨 뜻이죠?"

딱히 맞아서 아픈 건 아니지만 자신이 구해줬는데 오히려 뺨을 맞을 줄은 몰랐기에 무표정하게 물어보자,

"여자에게 칼을 들이미는 게 남자로서 할 짓인가요!! 정말 죽는 줄 알았어요!!"

안타깝게 녀석에게 몸이 반쯤 먹혀 버리는 바람에 진운이

검을 거두는 장면을 보지 못했던 린네는 그가 자신을 구해줬다는 것도 잊어버릴 만큼 화가 난 상태였다.

그래서 품에서 벗어나자마자 그대로 뺨을 후려쳐 버린 것이다.

사실 린네는 이상한 모습으로 변해 버린 동료보다 그런 동료를 마치 두부 썰 듯 썰어버리는 진운과 진운이 들고 있는 검이 더 무서웠다.

그런데 그 검이 자신을 향해 다가온다고 느끼는 순간 본능적으로 살려고 팔꿈치로 발경을 시전했던 것이다.

거의 제정신이 아닌 상태로 오로지 본능이 시키는 대로 했으니, 자신이 왜 진운의 품에 안겨 있는지는 이미 그녀의 머릿속에 남아 있지도 않았던 것이다.

그리고 그렇게 죽음의 공포를 마주했던 상황에서 벗어나자 결국 폭발해 버린 그녀는 진운의 뺨을 다짜고짜 후려쳐 버렸다.

"…미안해요."

지금의 상황에 논리적으로 따지고 들어가 봐야 말도 통하지 않는다는 것을 알기에 우선 사과부터 했다.

"다시는… 다시는 여자한테 검을 들이대지 마세요!!"

적반하장에, 물에서 건져 주니 내 보따리 내놓으라는 식으로 억지 쓰는 린네였다.

하지만 순간적으로 린네의 눈동자를 보고 자신이 바벨의 탑에서 레이나에게 억지를 쓰던 모습이 떠올라 진운은 순순히 고개를 끄덕였다.

끼이익.

그때, 옥상의 문이 열렸다.

"이런, 화려하게도 해치웠네."

평범한 캐주얼 차림의 백인이 들어왔는데 처음 보는 얼굴이었다.

거기다 그가 쓴 언어가 러시아어라는 것을 안 진운은,

"조금 전 총을 쏜 것이 당신입니까?"

능숙하게 러시아어로 물었다.

"어라? 우리말 잘하네?"

일반적으로 아시아 쪽 사람들은 영어는 몰라도 러시아어는 모르는 경우가 많았다.

가끔 할 줄 아는 사람도 발음이나 그런 것이 겨우 들어줄 만한 수준이기에 진운의 원어민 같은 발음에 제법 놀라는 표정이었다.

"공부했으니까요."

"이야! 어라? 린네도 있네?"

진운과 이야기하다 눈이 퉁퉁 부은 채 무섭게 그를 노려보고 있는 린네를 뒤늦게 발견한 그가 말하자,

“알렉산드로 마스터!!”

이미 서로 알고 있는 사이인 듯 린네가 그대로 진운을 벗어나 알렉산드로에게 달려갔다.

“훗, 구해주고 욕먹고 뺨까지 맞다니…….”

진운은 피식 웃음이 새어 나왔다.

실제로 구해준 건 진운인데 린네에게서 욕이란 욕은 다 먹고 거기다 뺨까지 맞는 것도 모자라 아주 죽일 놈까지 되었으니 말이다.

그래도 일단은 잠자코 둘의 회동을 지켜보기로 했다.

“언제 오셨어요?”

“방금. 그런데 저 녀석, 누구야? 이거 너무 낯익은 느낌이란 말이야.”

린네를 잠시 뒤에 남겨둔 알렉산드로는 진운을 보고 다가오더니,

“마스터지?”

역시나 백호연처럼 첫눈에 진운이 마스터인지 알아보았다.

그런데 그보다 더 이상한 건 백호연과 마찬가지로 진운을 꼼꼼히 살펴보더니,

“…어째 그 녀석이랑 너무 닮은 느낌이야.”

백호연에게서 들었던 말을 알렉산드로에게서도 똑같이 들

게 된 진운이다.

"혹시 알렉산드로 씨도 저를 김현중 씨와 닮았다고 생각하는 겁니까?"

"엇! 너, 그 녀석을 알아?"

진운의 입에서 김현중이라는 이름이 나오자 진심으로 놀라는 표정을 짓더니 곧 눈이 가늘게 변했다.

"혹시… 그 녀석 제자?"

"아닙니다!"

역시나 백호연과 같은 말이 나올 것을 알고 있었기에 이번에는 아예 단호하게 대답했다.

"그래? 하지만 너무 닮았는데. 기운이랑 느낌이. 이상하단 말이야."

백호연처럼 계속 억지 부리지 않고 진운의 말을 나름 믿어주는 알렉산드로였다.

"이봐요!"

여전히 진운을 쏘아보던 린네가 퉁명스런 목소리로 물었다.

"당신, 마스터였어요?"

"네."

진운이 왜 당연한 걸 묻느냐는 듯 너무나 쉽게 대답해 버리자,

"하아, 그럼 그렇다고 나한테 말을 해줘야 하는 거 아니에
요?"

"……?"

진운은 왜 그녀에게 자신이 마스터라는 사실을 밝혀야 했
는지 생각해 보았지만, 그런 이유가 있을 리가 없었다.

알렉산드로는 자신이 마스터였기에 진운을 알아본 것이지
만 린네는 마스터는커녕 발경조차도 진각의 힘을 빌릴 만큼
아직 수련이 필요한 단계였다.

그런 그녀에게 왜 밝힌단 말인가?

오히려 지금 당당하게 자신을 왜 속였냐는 듯 몰아치는 그
녀의 모습에 진운은 낮게 눈을 뜨더니 살짝 살기까지 일으키
면서,

"내가 왜 나를 감시하는 사람에게 내 정체를 밝혀야 하
죠?"

한마디 하자,

움찔!

진운의 살기를 느꼈는지 금방 온몸이 움찔거리더니 곧장
알렉산드로 뒤로 숨어버리는 것이다.

피비린내가 진동하는 이곳에 시체만 해도 무려 여덟 구나
있었다.

그런데 그런 시체는 애초에 상관없다는 듯한 진운과, 그런

진운에게 계속 억지를 부리면서 으르렁대는 린네의 모습이
이해 안 가는 알렉산드로가 중재에 나섰다.

"자자, 서로 적도 아닌데 그만 으르렁대고, 여기 뒤처리부
터 해야 하는 게 먼저야."

그들의 싸움을 대충 정리한 뒤, 알렉산드로가 품에서 휴대
전화를 꺼내 통화를 했다.

그러자 10분 만에 군용 헬기가 하늘을 갈고 날아와서 뒤처
리를 하기 시작했다.

진운은 왠지 뒤처리하러 온 군인들이 낯익어서 보니, 숲에
서 백호연이 불렀던 그 사람들이다.

"린네."

"네, 알렉산드로 마스터."

"…그냥 편하게 알렉 씨라 부르라니까. 나 참, 그놈의 고지
식한 성격은 제 사부를 닮아서, 원."

"그럴 수 없어요. 러시아 국가 공인 마스터를 어떻게 함부
로 불러요."

편하게 부르라는 알렉산드로의 말이 오히려 말도 안 된다
는 린네의 대답에 진운과 알렉산드로는 동시에,

'이름 빼고 다 편하게 부르잖아, 이미.'

'이름 빼고는 다 편하게 부르는구만.'

이라고 생각했다.

묘하게 앞뒤가 잘 안 맞는 것이 린네도 알고 보면 제멋대로 인 성격인 것만은 분명했다.

"호연을 불렀으니까 금방 올 거야."

"사부를요?"

린네는 알렉산드로가 백호연을 불렀다는 말에 화들짝 놀라더니,

"전… 급한 일이 있어서……."

"……?"

갑자기 안절부절못하더니 슬쩍 도망가려고 뒷걸음질 치는 린네.

그런 기색을 아는지 모르는지 알렉산드로가 그런 린네의 손목을 덥석 잡더니,

"너도 있다니까 잡아두라던데?"

"네엑? 저도 있다고 사부한테 말했어요? 안 돼요!! 저 여기 있는 거 걸리면 사부한데 죽는단 말이에요!"

얼굴이 새파랗게 질리더니 알렉산드로에게 온갖 아양을 떨면서 예쁜 척이란 예쁜 척은 다 하는 모습이다.

물론 진운은 졸지에 좋은 구경을 하게 생겼으니 조용히 구경만 했고 말이다.

그렇게 알렉산드로와 린네가 실랑이를 벌인 지 10분이 지났을까?

투타타타타타타타!

멀리서 헬기 소리가 들리면서 수족관 옥상으로 다가오더니 헬기 착륙장도 준비되어 있는 이곳에 굳이 내려앉지 않고 공중에 멈춰 섰다.

Chapter
09
또다른 사건

딸꾹!

헬기가 허공에 멈춘 것을 본 린네는 너무나 놀랐는지 딸꾹질을 시작했고, 그제야 알렉산드로도 잡고 있던 린네의 손목을 놓아주었다.

"린네!! 네 이 녀석!!"

갑자기 헬기에서 기차 화통을 삶아 먹은 듯한 우렁찬 소리가 사방에 울려 퍼지더니 시커먼 것이 튀어나와 그대로 떨어지는데,

쿵!!

마치 커다란 철구가 허공에서 떨어진 듯 옥상에 작은 크레이터를 남기면서 내려선 백호연이 잔뜩 화가 난 얼굴로 벌떡 일어섰다

"사, 사, 사부……."

"린네 네 녀석, 또 나 몰래 임무 수행을 했단 말이지?"

딸꾹!

진운은 그렇게 몰아붙이던 린네였지만 백호연 앞에서는 완전 고양이 앞에 쥐나 다름없는 모습이다.

"사부, 그게 아니라… 어쩌다 보니… 일이……."

"그만!!"

딸꾹!

도대체 얼마나 무섭기에 린네가 겁에 질려 딸꾹질까지 하면서 벌벌 떠는지 진운은 이해가 가지 않았다.

하지만 굳이 묻거나 하지 않아도 되었다.

조금 뒤 그는 금방 알 수가 있었다.

찰싹!! 찰싹!!

"사부, 죄송해요!!"

"시끄럽다, 이 녀석아!!"

찰싹! 찰싹!!

백호연은 덩치에 걸맞은 커다란 손바닥으로 린네를 한 손으로 번쩍 들더니 허리춤에 끼고는 다 큰 처녀 엉덩이를 손으

로 후려치기 시작했다.

그 모습을 본 진운은,

'저거… 성희롱 아닌지 몰라.'

아무리 제자라지만 다 큰 처녀를 저렇게 손바닥으로 엉덩이를 때릴 것까지야 없다는 생각이 들었다.

반면 알렉산드로는 백호연이 린네를 때리는 모습을 보고는,

"오랜만이구만. 저렇게 린네가 맞는 것도 말이야."

오히려 반갑다는 듯 흐뭇한 표정이다.

그런데,

"음, 잘 컸네. 엉덩이도 토실토실한 게 말이야."

"……."

백호연과 반대로 알렉산드로를 괜찮게 봤던 이미지가 진운의 머릿속에서 사라지는 순간이다.

"흑흑… 흑흑… 흑흑……."

거의 100대 가까이 신나게 엉덩이를 두들겨 팬 뒤에야 린네를 내려놓은 백호연은 하도 울어서 눈이 퉁퉁 부은 린네를 보면서도 눈썹 하나 까딱하지 않는다.

"뚝!!"

딸꾹!

세상이 무너지듯 울던 린네의 울음이 백호연의 한마디에

딱 그쳐 버렸다.

다만 이번엔 딸꾹질이 시작되긴 했지만 말이다.

"또 폐관 수련 중에 도망가면 그때는 널 쫓아낼 것이야!!"

딸꾹.

"네, 사부……."

"어허!! 사부님! 님!! 님!!"

히끅!

"넷, 사부님!"

"좋아~"

그제야 만족한 듯 자신의 품에서 손수건 하나를 꺼내더니 건네주면서,

"닦아라."

훌쩍훌쩍, 훌쩍, 딸꾹딸꾹.

백호연이 어느 정도 화가 풀렸다는 것을 귀신같이 알아챈 린네는 또다시 울음을 터뜨리면서 동시에 딸꾹질까지 해댔다.

아주 가관도 이런 가관이 없을 만큼 여자로서는 정말 밑바닥까지 진운에게 모두 보여주는 모습이다.

아마 정신 차리고 나면 한동안 진운을 피해 다닐 것이다.

여자로서 완전 바닥까지 보여줬으니 쪽팔려서라도 숨어 다닐 것이 뻔했다.

그렇게 린네를 훈계(?)하고 난 뒤 백호연은 진운에게 다가오더니,

"쩝, 미안하게 되었군."

자신이 붙여준 녀석들이 오히려 뒤통수를 칠 줄은 몰랐던 백호연은 그들만 믿고 기다리고 있다가 부리나케 달려온 상태였다.

"괜찮습니다. 다만 이로써 확실하네요. 일루미나티가 저를 못 죽여서 안달이 났다는 것만은 확실하니까요."

벌써 의도적으로 진운만 노린 습격이 연속으로 이어지는 것만 봐도 일루미나티가 진운을 집요하리만큼 노리고 있다는 것은 확실해 보였다.

다만 덤비는 적의 수준이 너무 편차가 심하다는 게 조금 이상했지만 아직 그런 것까지는 자세히 알지 못하기에 대충 넘겨 버리기로 했다.

"그보다 알렉 넌 왜 왔냐?"

친한 친구인 듯 편하게 애칭을 부르는 백호연의 말에 알렉산드로는,

"일 때문에 왔지, 내가 뭐 얼마나 한가롭다고 중국까지 왔겠냐."

"하긴 너나 나나 쓸데없이 갈 곳은 없지만 부르는 곳은 많은 인생이니……."

백호연은 알렉산드로의 말에 고개를 끄덕였다.

그런데 알렉산드로가 슬쩍 진운을 한번 보더니,

"그보다 연, 저 녀석 뭐야?"

"아, 진운이라고 해. 알렉은 처음 보지? 한국 사람이야."

"한국?"

백호연이 한국 사람이라고 하자 알렉산드로는 놀란 얼굴로 진운을 가만히 살폈다.

"그래서 그 녀석이랑 비슷한 느낌이 난 건가?"

알렉산드로와 김현중이 어떤 사이었는지 잘 모르는 진운은 어떻게 만나는 사람마다 김현중이라는 이름을 들어야 하는지 한번 날을 잡아 알아봐야겠다고 생각을 굳혔다.

"그럴 리가……. 그런 괴물이 또 나온다고 생각하면, 으이구, 생각만 해도 온몸이 떨린다."

"하긴… 그 녀석 진짜 괴물은 괴물이었지. 그보다 나 좀 도와줘야겠어."

알렉산드로는 잠깐 진운에게 관심이 있었을 뿐 곧 백호연과 이야기를 나누기 시작했다.

대화 내용이 과연 이곳에 진운을 두고 할 이야기인지 의심이 들 지경이다.

"우리 쪽에서 흡혈귀가 도망치면서 이쪽으로 넘어가 버렸어."

“응? 흡혈귀? 처리한 거 아니었어?”

백호연은 이미 처리했다고 들은 녀석이 중국으로 넘어왔다는 말에 표정이 살짝 굳었다.

“그게… 참… 뭐라고 해야 할지……. 진조인 듯해.”

진조라는 말에 대번 혈색마저 바뀌는 백호연이다.

“진조라면… 설마… 그 녀석의 부하였던 테른 급은 아니겠지?”

김현중의 부하 중 테른이라는 자가 있었다.

그는 마스터는 아니나, 오히려 마스터 정도는 단숨에 압도할 정도의 실력자였다.

그러니 김현중이 믿고 일을 맡기는 부하일 수 있었다.

공공연한 비밀이었지만, 마스터들은 어떤 면에서는 김현중보다 테른을 더 껄끄럽게 생각했다.

그런 테른은 지구인이 아닌, 마족 중 하나인 흡혈귀, 그것도 흡혈귀 중 순종이라 할 수 있는 진조였다.

그러니 백호연의 표정이 대번에 변하는 것도 당연한 일이었다.

“그건 아닌 것 같아. 내가 팔 하나 잘라 버렸거든.”

“아, 그래? 그럼 또 어떤 미친놈이 제물 바치고 소환했다는 거구만.”

마족은 본래 마계에서 사는 녀석들이기에 소환당해서 지

구에 모습을 드러내면 본래 자신이 가진 힘의 30%가 최대로 사용할 수 있는 한계였다.

그렇게 안심한 듯한 백호연의 모습을 보던 알렉산드로는,

"그게 좀 골치가 아프게 됐다."

"왜?"

"그 진조가… 러시아 왕조의 마지막 혈족이야."

"응?"

"……?"

뜻밖의 말에 백호연뿐만이 아니라 진운도 놀랄 만한 일급 비밀이 그냥 동네 마실 나가서 수다 떨 듯 듣게 된 것이다.

사실 러시아 왕조는 니콜라스 2세를 끝으로 완전히 사라진 것으로 알려져 있고, 실제로 그 후 살아남은 왕조의 혈족이라고 나서는 놈들이 많았지만 다 가짜거나 조용히 사라졌던 것이다.

한마디로 현실적으로 러시아 왕조의 혈족이 남아 있을 가망성은 거의 0%에 가깝다.

만약에 지금 이야기하는 사람이 알렉산드로가 아니라 다른 사람이라면 백호연은 웃으면서 지나가는 개가 짖는 소리라고 치부했을지도 몰랐다.

물론 진운도 러시아 왕조를 자세하게는 모르지만 러시아 왕조가 사라졌다는 것은 알고 있다.

그런데 그런 왕조의 마지막 남은 혈족이 진조의 모습으로 나타났다?

뭔가 이상했다.

"아, 그게… 정식 혈통은 아니야. 왕비 쪽이라서 말이야."

"에이, 그럼 그건 러시아 왕조의 혈통은 아니구만."

왕조의 남자 쪽이 아니라 왕비 쪽이라면 당연히 독일, 아니, 영국 왕족인 것이다.

러시아의 니콜라스 2세는 워낙에 심약한 성격이라 그의 부인인 왕비에게 거의 쥐어살면서 남편마저 몰아내고 혈우병을 앓고 있던 자신의 자식에게 왕위를 물려주려고 했던 여자이기도 하다.

아무리 수련을 평생 했다고 해도 국가 공인 마스터가 된 뒤로 아무래도 외교문제도 다뤄야 하다 보니 어느 정도 외교에 관한 지식도 풍부했던 백호연이 핀잔을 주자 알렉산드로는 고개를 저으면서,

"그레고리 라스푸틴의 예언서를 훔쳐서 달아나 버렸거든."

"라스푸틴의 예언서? 설마 그런 것이 실제로 남아 있었단 말이야?"

백호연도 러시아의 요괴승이자 자신의 죽음에 대해서 예언하고 그 예언이 정확하게 맞아떨어진 것으로 유명한 라스

푸틴의 이름이 나오자 놀라는 눈치였다.

"이야기 하자면 아주 길어. 저번에 내전이 일어났을 때 우연히 부서진 왕성을 복원하던 중에 숨겨진 방을 찾았는데, 그곳에 라스프틴의 예언서가 있었던 거야."

"이게 세상에 알려지면 대특종이구만."

라스푸틴은 실제 역사 기록에도 남아 있는 유명한 예언가였다.

요괴승이라는 별명으로도 유명했다.

하지만 그는 너무나 방탕한 생활과 사리사욕을 채우던 행위가 심해서 1961년 12월 16일, 니콜라스 2세의 친척이 포함된 귀족들에 의해 살해당했다.

다만 그는 자신이 죽기 전에,

나는 내년 1월 1일이 되기 전에 죽을 것 같습니다. 만일 내가 귀족들의 손에 죽는다면 그들의 손은 나의 피로 젖을 것이며 25년 동안 그 피는 지워지지 않을 것입니다. 그리고 나의 죽음을 가져온 자가 폐하의 친인척 관계라면 폐하의 자녀와 친척 어느 누구도 2년 후에는 살아 있지 못할 것입니다.

라는 편지를 남긴 것으로도 유명했다.

실제로 그 예언이 정확하게 적중해서 라스푸틴이 죽은 지

2년도 안 되어 황제의 핏줄은 모두 처형당했다.

자신의 죽음마저 예언한 것을 보면 거의 노스트라다무스 급의 예언가라고 해도 사실 과언이 아닌 것이다.

다만 그는 워낙에 악마에 비유될 만큼 러시아에서는 공적 이고 죽여야 하는 대상이었기에 그의 모든 것은 역사에서 완전히 사라진 것으로 알려져 있었다.

그런데, 10년 전에 발발한 러시아와 체첸 반군의 전쟁 당시 왕성이 부서지면서 복구하다가 숨겨져 있던 방에서 그의 예언서가 발견되었다는 것은 대단한 정보이긴 했다.

만약 그게 세상에 드러난다면 거의 노스트라다무스의 예언과 비교될 만큼 엄청난 값어치를 지니고 있을 테니 말이다.

"그런데 그게 러시아 왕조의 혈통과 무슨 관계가 있다는 거야?"

물론 대단한 소식이긴 했지만 그것과 진조가 혈통이라는 것이 무슨 상관이냐는 말에 알렉산드로는,

"그 방 벽에 라스푸틴이 직접 자신이 쓴 글씨가 남아 있었 는데, 그 내용이 '자신의 예언서를 가져가는 자는 황제의 유일한 혈통일 것이다' 라는 글이 쓰여 있었거든."

"……."

모든 인과관계를 떠나 방금 알렉산드로의 말 한마디가 가지는 파급력은 엄청났다.

현재 러시아는 경제 발전을 하려고 무던히도 노력하고 있
긴 하지만 딱히 공산주의와 달리 경제 발전이 확연하게 차이
가 나는 것도 아닌 편이었다.

특히나 부정부패가 심하다는 것은 러시아 국민뿐만이 아
니라 외국도 다 아는 비밀이었으니 불만이 오죽하겠는가?

그런데 그런 상황에 과거 왕조의 혈통이 나타났다는 소문
이 퍼진다면 이건 현재 러시아 상황에서는 치명타가 될 수도
있었다.

너무나 부정부패가 심하다 보니 국민들 사이에서 과거 왕
조가 차라리 더 나았다는 말이 나오면서 황제를 다시 세우자
는 목소리가 들리고 있었는데, 그런 그들에게 혈통이 나타났
다는 것이 알려지면 거의 나라가 뒤집어지는 일이 벌어질 수
도 있었다.

그런데 그 라스푸틴의 예언서를 훔친 녀석이 사람이 아니
라 마족이라는 것이 문제였다.

정말 그 진조가 왕족인지 아닌지는 모르지만 우선 라스푸
틴의 예언대로 예언서가 도둑맞았고, 그걸 훔친 자가 진조였
기에 왕족이 아니라고 할 수도 없는 애매한 상황이 되어버린
것이다.

러시아 정부는 어떻게든지 라스푸틴의 예언서를 회수해야
만 하는 상황에, 결국 웬만하면 부르기를 꺼리는 알렉산드로

까지 불러서 일을 맡길 수밖에 없게 되었다.

"정부 녀석들이 고개 숙이고 들어가는 모습이 대단했겠군. 크크크큭."

러시아에서는 거의 살아 있는 영웅으로 알려져 있는 알렉산드로.

10년 전 전쟁 때 알렉산드로가 거의 전쟁을 종식시킨 것이나 다름없었기에 국민의 지지가 엄청나 사실 러시아 정부의 입장에서는 대단히 껄끄러운 존재였다.

쓰기에는 너무나 강했고 그렇다고 없애 버렸다가는 아마 무슨 일이 일어날지 모르니 그냥 방치하다시피 놓아두고는 국가 공인 마스터라는 직책 하나만 달랑 주었는데, 급한 일이 터지자 어쩔 수 없이 그들이 기댈 곳은 알렉산드로뿐이었던 것이다.

"가만, 혹시 그 진조라는 녀석이 중국으로 넘어온 게 언제쯤이지?"

"아마 내 조사에 의하면 1년 전쯤일 거야."

"젠장!!"

알렉산드로의 말을 듣던 백호연은 대번에 얼굴을 찡그리면서,

"내가 찾던 놈이 결국 그놈이었구만."

"응?"

백호연이 무슨 말을 하는지 영문을 몰라 하는 알렉산드로에게 천천히 지난 1년 동안 있었던 일을 설명했다.

"그놈이 맞아!"

알렉산드로도 한 번에 자신이 쫓고 있는 것이 진조라는 것을 알 수 있었다.

그러면서 백호연의 시선이 진운에게 향했다.

"……?"

진운은 갑자기 자신을 보는 백호연의 시선에 고개를 갸웃거리자,

"오늘 녀석들, 분명히 자네를 노렸던 것 맞지?"

백호연의 말에 진운은 고개를 끄덕이면서,

"네, 이유는 모르지만 저를 노렸는데 그게… 설마……?"

진운도 말하다가 백호연과 알렉산드로의 눈빛을 보고는,

"저더러 녀석을 끌어내 달라는 말인가요?"

끄덕!

끄덕!

진운의 말에 백호연과 알렉산드로가 동시에 고개를 끄덕이자 진운은 단호하게 표정을 굳히면서,

"싫습니다!"

단칼에 거절해 버렸다.

그런 진운의 거절에 백호연은 인상을 팍 찡그리면서,

"어째 뭐 하나 시원하게 한 번에 승낙하는 경우가 없냐?"

괜히 또 억지를 부리려고 했지만 진운도 한 번 당하지 두 번은 사양인 듯 오히려 먼저 목소리를 높였다.

"제가 왜 그래야 하죠? 두 분의 마스터가 모여 있는데 말이죠."

"…쩝."

"그건 그렇긴 한데……."

국가에서 인정한 마스터가 두 명이나 모였는데 그깟 소환된 마족 하나 처리 못한다면 그건 오히려 자신들의 자존심을 건드리는 것이기에 말문이 막혀 버린 백호연과 알렉산드로였다.

특히나 백호연은 자신이 보낸 요원들이 알고 보니 마족에게 이미 넘어간 녀석들이라는 것 때문에 더더욱 할 말이 없는 상태이기도 했다.

"제자 분, 눈물 그친 것 같은데 전 이만 가보겠습니다."

더 있다가는 왠지 떠밀려서 졸지에 진조를 잡는 일에 휩쓸릴 것 같기에 진운이 빠르게 사라지려고 하자,

"잠깐!"

백호연이 돌연 뭔가 다짐한 얼굴로 진운을 불러 세웠다.

"왜 그러시죠?"

"정호식, 자네 아버지 맞지?"

“…….”

갑작스럽게 백호연의 입에서 아버지의 이름이 나오자 진운의 분위기가 삽시간에 바뀌었다.

“제 아버지에 대해서도 뒷조사를 했습니까, 백호연 씨?”

한순간에 돌변해 버린 진운의 분위기에 백호연은 조금 당황했지만 침착하게 말을 이었다.

“자네에게 약간의 도움이 될까 해서 자네 아버지 정호식 씨의 죽음에 대해서 나름 알아봤네.”

삭~

뒷조사가 아니라는 말에 순식간에 진운의 몸에서 쏟아져 나오던 살기가 사라져 버렸다.

그런데 진운의 귓가에 또다시 딸꾹질 소리가 들렸다.

딸꾹.

진운이 성급하게 살기를 사방으로 쏟아버리는 바람에 재수없이 가까이 있던 린네가 또다시 놀라서 딸꾹질을 시작한 것이다.

거기다 살기에 질렸는지 온몸을 바들바들 떨기까지 하면서 말이다.

“이런, 자네 내 사랑스런 제자를 죽일 셈인가?”

괜히 린네를 핑계로 한소리 했지만 진운의 눈빛에서 린네야 어찌 되든 상관없다는 듯한 분위기를 읽고는 재빨리 말을 돌렸다.

"험, 아무튼 자네 아버지, 즉 정호식이라는 분은 무역업을 하던 분이라고 알려져 있더군. 하지만 내가 알아본 바에 의하면 국가정보원이었어."

"그게 무슨 말이죠? 국가정보원이라니요?"

순간 진운은 자신이 뭔가 잘못 들었나 싶었다.

분명히 자신을 죽이려 했던 녀석들이 바로 국가정보원, 즉 국정원 요원들이었는데, 자신의 죽은 아머지가 국정원 요원이었다는 말을 쉽게 믿을 수 있을 리가 없었다.

"여기까지!"

돌연 말을 멈추더니 마치 100년 묵은 구렁이가 웃는 듯한 미소를 지어 보인 백호연은,

"어때, 기브 앤 테이크? 세상은 주는 게 있으면 받는 것도 있어야 하는 법 아니겠나?"

"……."

가장 중요한 타이밍에 돌연 말을 끊어버린 백호연은 능숙하게 진운에게 손을 쓰윽 내밀더니,

"자네가 도와주면 나도 계속 자네 아버지에 대해서 알아봐 줄 수도 있고. 어차피 자네와 난 일루미나티를 상대로 싸워야 하는 동지가 아닌가? 서로 깐깐하게 굴 필요가 없잖아? 안 그런가?"

　도저히 진운으로서는 거부할 수 없는 초대형 미끼를 진운의 앞에 툭 던지고는 얼른 물라고 유혹했다.

　게티아가 스스로 봉인해 버린 지금 바벨의 탑도 갈 수 없고, 완전 노숙자 신세인 진운에게 확실히 백호연의 저 달콤한 유혹은 위력적이긴 했다.

　"……."

　그렇다고 덥석 물었다가는 앞으로 계속 이용당할 수도 있기에 잠시 생각에 빠졌다.

　"그럼 아버지의 죽음이 언제, 어떻게, 누구에 의해서 일어났는지 저에게 정보를 주실 수 있습니까?"

　"응?"

　느닷없이 진운의 논리적이면서 체계적인 요구에 당황했는지 슬쩍 알렉산드로를 쳐다본 백호연은 알렉산드로가 눈동자로 슬쩍 동의를 하자,

　"좋아, 나뿐만이 아니라 여기 알렉도 자네 아버지의 죽음에 대해서 찾는 것에 도움을 주도록 하지. 설마 공인 마스터 두 사람이 약속했는데 어길 거라 생각하는 것은 아니겠지? 자네도 마스터라면 우리 마스터들에게 약속이란 어떤 의미인지 잘 알고 있을 테니 말이야."

　마나를 사용하는 마스터에게 약속이란 자신의 힘을 걸고 하는 하나의 계약과도 같은 것이다.

그렇기에 마스터에 오른 자는 절대로 허투루 약속을 하지 않는 것이 대륙에서는 기본 중의 기본인데, 지구도 거의 비슷한 듯했다.

기본적으로 마나를 베이스로 마스터에 오르는 것이니 크게 다를 것은 없는 듯했다.

"압니다."

"좋아! 계약 체결!"

쫘악~

그리고는 백호연과 진운이 서로 악수를 했다.

그때,

위잉~

백호연과 진운의 몸 안에서 동시에 작은 파동이 울렸다.

"이건……?"

진운이 자신의 몸 안에 울려 퍼지는 것이 처음 느껴보는 것이라 백호연을 쳐다보자,

"자넨 마스터끼리 계약하는 것이 처음인가 보군?"

이미 이런 경험이 있는지 백호연은 아무렇지도 않은 표정이다.

"네."

솔직히 진운이 대답하자,

"나도 왜 그런지는 모르지만 마스터끼리 서로 무언가 약속

하고 악수를 하면 그것 자체로도 하나의 계약이 이뤄지는 듯
해. 자세한 이유는 모르지만 말이야. 그리고 이렇게 한 뒤 어
느 한쪽이 고의로 약속을 어기게 될 경우 폐인이 되지.”

백호연의 말에 진운은 조용히 고개를 끄덕이면서 마나가
몸에서 흩어져 버린다는 것을 알 수 있었다.

겨우 목숨만 붙어 있을 만큼 극소량만의 마나를 제외하고
는 고의로 약속을 어기는 순간 사라져 버리는 것이다.

사실 진운도 왜 그러는지는 몰랐다.

다만 방금 백호연의 말에 레이나가 했던 마법사가 자신의
하는 말에 목숨을 거는 것과 비슷하다고 생각할 뿐이다.

이렇게 레이나처럼 시원한 해답은 아니라도 어느 정도 답
을 해줄 수 있는 존재가 없다는 것이 얼마나 답답한지 느끼게
되는 순간이다.

“그럼 현재 내가 알고 있는 것을 다 말해주지.”

백호연은 악수를 끝내자마자 아까 끊었던 말을 다시 시작
했다.

“정호식 씨가 죽은 곳은 한국이 아니더군.”

“네? 한국이 아니라니, 그럼 어디라는 겁니까?”

“필리핀이었어.”

“필리핀?”

필리핀이라는 말에 진운은 잠시 기억 속을 뒤지다가 한 가

지 기억이 떠올랐다.

"맞아. 아버지가 마지막으로 출장 간다고 했던 곳이… 필리핀이었어."

진운이 나직하게 말하자,

"그런가? 아무튼 그곳에서 자네 아버지는 무언가를 찾고 있었네."

방금 전 아버지가 국정원 요원이었다는 말을 들은 진운은 아직 완전히 백호연의 말을 다 받아들이지 못하고 있는 중이었다.

그런 것을 이제야 눈치챈 백호연이,

"그럼 우선 나와 함께 내 집으로 가겠나? 그곳에 파일로 정리되어 있는 것이 있는데 말이야."

말로는 아무래도 믿음을 주는 데 역시나 한계가 있다는 것을 백호연도 잘 알고 있었다.

그가 다시 자신과 같이 집으로 가자고 하자 진운은 망설임 없이 고개를 끄덕였다.

"알겠네."

진운이 흔쾌히 승낙하자 백호연은 휴대전화를 꺼내더니,

"나다. 이제 돌아간다."

딱 한마디 하고는 바로 끊어버렸다.

그런데 놀랍게도 전화를 끊은 지 몇 분도 되지 않아 백호연을 태우고 왔던 군용 헬기가 다시 나타나더니 착륙은 하지 않고 로프 하나를 떨어뜨렸다.

"군용이라 이곳에 착륙하면 군법에 걸리거든. 이해하지?"

백호연은 슬쩍 부연 설명을 하고는 먼저 로프를 슬쩍 거들떠보더니 그대로 지면을 박차고 뛰어올라 사뿐하게 헬기에 올라타 버렸다.

"저런, 자기 제자는 또 버리고 혼자 올라타는구만."

알렉산드로의 말에 진운이 슬쩍 돌아보자 그동안 존재감이 미미했던 린네가 눈을 깜빡거리면서 멀뚱히 쳐다보고 있었다.

"아차!! 알렉!! 린네 좀 부탁해!!"

역시나 알렉산드로의 말이 끝나기가 무섭게 헬기에 올라타고 나서야 자신의 제자인 린네가 눈에 들어왔는지, 아니면 높은 곳에 있다 보니 자연스럽게 아래쪽에 있는 린네가 시야에 들어왔는지 백호연이 알렉산드로에게 소리쳤다.

"싫어! 내 제자도 아닌데 뭣하러!!"

하고 대꾸하고는 그대로 지면을 박차고 올라 헬기에 올라타 버렸다.

현재 옥상 지면과 헬기의 높이가 무려 5미터였으니 결코 인간이 한 번의 도약으로 올라탈 수 있는 높이는 아니었지만, 이들 마스터들에게는 그냥 계단을 몇 칸 정도 뛰어올라가는 것이나 마찬가지였다.

"진운 군, 린네를 좀 부탁하네!!"

결국 어쩌다 보니 마지막으로 남은 진운이 린네를 어떻게든 데리고 헬기로 올라타야 하는 상황이 되어버렸다.

아직 이런 상황이 익숙하지 않은 진운은 뒤늦게 타이밍을 놓친 것을 후회했지만 이미 늦은 뒤였고, 별수 없이 자신이 데리고 올라타기로 했다.

"잡아요."

진운이 다가가 손을 내밀자,

움찔!

누가 보면 진운이 린네를 때리려는 듯한 착각이 들 만큼 어깨가 들썩이면서 진운의 손을 무서워하는 모습이다.

"아, 나도 이놈의 욱하는 성질 좀 죽이던가 해야지."

다른 것은 어떻게 스스로 감정이 컨트롤하는 것이 가능한데, 아버지에 대한 것만은 이상하게 전혀 컨트롤이 되지 않는 진운은 린네의 반응을 보고는 정말 성질 좀 죽여야겠다고 진지하게 고민해 보기로 했다.

"미안해요. 그냥 욱해서 그런 거니까."

진운이 먼저 순순히 사과하자 그제야 진운의 눈치를 살피면서 슬그머니 손을 내밀어 진운의 손을 잡는 린네였다.

문제는 거기서 그치지 않았다.

린네의 손을 잡고 군용 헬기 밑으로 오긴 했는데, 문제는 그냥 뛰어오를 수가 없다는 것이었다.

헬기에 올라타려면 린네를 둘러메던가 아니면 안아야 했다.

이미 살기로 겁을 잔뜩 먹은 린네를 어깨에 둘러멨다가는 나중에 자신이 피곤할 것 같다는 생각에 진운이 그녀를 번쩍 안아 들자,

"꺅!"

짧게 비명만 지를 뿐 딱히 거부하거나 그러진 않았다.

뭐랄까, 자신을 그렇게 쏘아붙이던 여자가 얌전한 모습으로 있으니 그것도 나름 신선하다는 느낌을 받은 진운은 말없이 씨익 웃고는 몸에 마나를 활성화시켜 옥상 지면을 박찼다.

탁!!

백호연처럼 지면이 흔들릴 정도의 진각은 없지만, 린네를 안아 든 것이 무색할 만큼 가볍게 헬기에 올라탄 진운이 백호연에게 린네를 넘겨주었다.

"고맙네."

짧게 인사하고는 그대로 헬기는 백호연이 사는 건물을 향해 날아가기 시작했다.

진운은 지금 이 순간 수족관과 멀어지면 멀어질수록 무언가 빠뜨린 게 있다는 생각이 조금씩 들다가,

"아, 검도부원들!"

뒤늦게 수족관 입구에서 만나기로 한 검도부 녀석들이 생각나서 큰 소리로 외쳤다.

"제가 알아서 할게요."

린네가 전화기를 꺼내 홍지연에게 전화를 걸었다.

린네는 자신이 갑자기 다쳐서 지금 진운과 함께 병원으로 가고 있는 바람에 아쿠아월드에 다른 부원들을 놓고 왔으니 연락해서 호텔로 돌아가 달라고 그녀에게 부탁했다.

그리고는 전화를 딱 끊더니,

"이 정도면 괜찮았죠?"

"뭐… 네."

작전상 진운 주변인들의 전화번호가 필요했으니, 그녀가 홍지연의 전화번호를 알고 있는 것은 전혀 이상한 것이 아니었다.

어쨌든 검도부원도 처리했으니, 진운은 헬기에 향하는 방향에 집중하기로 했다.

Chapter 10
아버지의 비밀

“이거네.”

자신의 집으로 돌아온 백호연은 린네를 시켜 진운에게 차를 내어주도록 하고는 자신은 어디론가 잠시 사라졌다가 차가 완성되어 진운의 앞에 놓일 때쯤 다시 파일을 하나 들고 나타났다.

그리고는 내밀었는데, 첫 장만 보고도 진운은 이 파일의 주인이 자신의 아버지인 정호식이라는 것을 알 수 있었다.

아버지의 얼굴이 찍힌 증명사진이 가장 첫 장에 선명하게 칼라로 찍혀 있었으니 말이다.

아마 백호연이 일부러 흑백이 아닌 칼라로 뽑아준 듯했다.

그리고 진운의 손이 천천히 파일을 넘기기 시작했다.

사락사락, 사락사락.

파일은 모두 다섯 장 분량으로 그리 많지는 않았지만 오히려 첫 장부터 진운이 전혀 모르는 아버지의 비밀이 적혀 있었다.

태어난 곳과 자라온 고아원, 그리고 마지막에 졸업한 학교까지 모두 기록되어 있었다.

하지만 군대를 들어가고부터는 빈칸이다.

간간이 진운이 태어났다는 것과 몇몇 진운도 잘 알고 있는 사소한 것이 있긴 했지만 그것이 전부였다.

"그래도 국가 요원이다 보니까 그 이후로 무슨 일을 했는지 나도 알아내려면 시간이 좀 걸릴 것이네."

"네."

진운도 딱히 크게 기대한 것은 아니지만 그래도 막상 파일을 보니 아직 아버지가 정확하게 국정원에서 무슨 일을 했는지 알 수가 없다는 것이 실망스럽긴 했다.

하지만 이게 중요한 게 아니기에 넘겨 버린 진운은 파일 뒷장을 읽다가 아버지가 죽음에 이른 필리핀에 관한 내용을 찬찬히 보더니,

"야마시타 골드… 아버지가 야마시타 골드를 찾고 있었다

는 겁니까?"

파일에 굵은 글씨로 쓰인 것을 보고 백호연에게 물었다.

"맞네. 사실 나도 그걸 알고 조금 놀랐지. 현재 야마시타 골드에 관한 권리와 이권은 모두 미국이 가지고 있거든. 공식적으로는 말이야. 그래서 미국이 필리핀을 끝까지 놓지 않으려고 하고 괌에 있는 미군기지를 중요하게 생각하는 것이니까."

백호연의 말을 듣고 보니 아시아에 힘을 발휘하려면 솔직히 위치적으로 동남아시아보다 일본과 중국에 가까운 한국이 가장 적합했다.

하지만 미군이 거의 주력군에 가까운 전력을 만든 곳은 중국, 일본과 한참 떨어진 괌이었던 것이다.

그냥 모르고 넘어가면 그러려니 하겠지만 야마시타 골드라는 것을 끼워 넣으면 완전 이야기가 달라지는 것이다.

일본? 중국?

그따위는 아무것도 아니었다.

현재 야마시타 골드를 모두 찾게 된다면 전 세계 금값이 반토막이 난다고 할 만큼 전 세계 금을 쥐고 흔들 수 있는 양이 바로 야마시타 골드인 것이다.

본래 야마시타 골드는 금의 이름이 아니라 그 당시 금의 운반을 책임졌던 야마시타 대장이 금을 숨기면서 붙은 이름이다.

거의 전쟁이 막바지이던 때에 그동안 식민지에서 긁어모은 금을 일본으로 옮기려던 야마시타는 미국의 공습으로 일본 본토가 초토화되자 결국 그 금과 문화재를 머물고 있던 필리핀 전역에 숨겨 버렸다.

거기다 땅속에 숨기면서 접근하면 폭발해서 무너지도록 장치까지 하고는 자신만 알 수 있는 지도를 가지고 있었다고 한다.

그리고 비밀을 지키기 위해 자신의 충직한 필리핀 하인 한 명을 제외하고는 모조리 금과 함께 산 채로 매장시켜 버리기까지 했다.

죽은 자는 말이 없는 법이니 말이다.

그렇게 살아남은 사람이 없으니 야마시타 골드는 그저 전설로만 치부되어 사람들의 입에서 입으로 전해지게 되었다.

사실 이런 전설도 야마시타가 일부러 소문을 퍼뜨려 사람들이 헛소문으로 믿게 하려는 하나의 작전이기도 했다.

아무튼 그렇게 그럴듯한 전설로 전해지는 와중에 필리핀이 독재정치를 하던 시절 국왕이 그 당시 야마시타와 함께 금을 묻었던 하인의 유골을 찾아낸 것이다.

하지만 이미 세월이 많이 흐르고 지형이 변해서 찾지 못하자 결국 신하를 버리고 미국의 유명한 광산 탐사인을 고용했다.

국왕은 결국 야마시타 골드를 찾아내었다.

그때 국왕이 찾은 금의 매장량이 얼마나 많았는지 필리핀 전 국민을 10년 동안 먹여 살릴 만큼의 양이었다고 한다.

물론 확실한 것은 아니지만 말이다.

아무튼 그 일로 인해 야마시타 골드는 전설이 아닌 현실이 되어버렸다.

하지만 독재정치는 결국 끝을 보는 법이고, 독재자는 망명 아니면 처형이라는 두 가지 길뿐이다.

살기 위해 미국 하와이로 망명하기로 한 국왕은 미국으로 가는 대신 필리핀에서 나오는 모든 야마시타 골드의 소유권을 미국에 넘기는 것을 조건으로 걸었다.

그리고 소유권을 넘겨받은 미국이 다시 필리핀을 탐사해서 다른 곳에 묻혀 있는 야마시타 골드까지 찾아냈고, 그 돈으로 지금의 미국을 만들었다고 전해지고 있다.

그런데 미국도 현재 필리핀에 숨겨진 야마시타 골드의 1/10도 찾지 못했다고 한다.

전쟁 후 막대한 전쟁 비용을 모두 충당하고도, 각국에 로비를 하면서 현재 세계의 중심이 미국이라는 말이 생길 만큼 키우는 데 들어간 금이 겨우 1/10인 것이다.

그러니 야마시타 골드를 다 찾게 되면 전 세계 금값이 반토막이 나서 금으로 동전을 만들 수도 있을 정도라는 말이 결코 허황된 말은 아닌 것이다.

그런데 그런 금을 자신의 아버지가 찾고 있었다는 것에 진운은 충격을 받아버렸다.

"정말 있는 겁니까?"

사실 평범한 삶을 살았던 진운에게 야마시타 골드 같은 것은 그저 TV에서나 볼 법한 그저 홍밋거리 이야기일 뿐이었다.

그런데 어느 날 갑자기 자신의 일이 되어버리자 당황할 수밖에 없었다.

"사실 미국이 손을 뻗기 전에 우리 중국에서도 이미 한번 탐사를 한 적이 있었으니 사실이라고 말할 수 있지."

"중국에서도요?"

"야마시타가 긁어모은 금의 반이 바로 중국에서 빼앗아 간 것이니까 말이야."

"……."

유독 금을 좋아하는 중국의 특징을 생각해 보면 백호연의 말이 금방 이해가 되는 진운이다.

중국은 과거부터 금으로 치장하는 것을 좋아하는 편이었다.

한때 금으로 화폐를 만들어 유통하려고 한 적이 있었다는 말이 있을 정도이니 얼마나 금을 좋아하는지 굳이 설명이 필요 없을 정도이다.

2차대전 당시 청일 전쟁에서 패한 중국을 일본이 지배할 당시, 일본 황실은 식민지화한 국가에서 갈퀴로 긁듯 문화재와 금을 긁어모아서 일본 본국으로 보냈던 것이다.

그 당시 일본은 자신들이 아시아의 중심으로 독일과 함께 세계를 나눠 가진다는 커다란 꿈에 빠져 있었기에 엄청난 전쟁 물자를 보충하기 위해 점령한 국가를 쥐어짤 수밖에 없었다.

그중 대표적인 것이 바로 중국과 한국이다.

한국은 그 흔했다는 진돗개마저도 군복을 만든다는 이유로 싹 잡아서 한때 진돗개가 멸종됐다는 말이 나왔을 정도이니 무슨 말이 필요하겠는가.

땅이 좁은 한국에서도 이 정도인데 엄청나게 넓은 중국은 말할 것도 없었다.

그리고 그렇게 금을 긁어모은 야마시타가 숨겼으니, 중국으로서는 빼앗긴 것을 되찾기 위해 작업을 할 수밖에 없다.

하지만 본격적으로 뭔가 하기도 전에 미국에 그 주도권과 소유권을 빼앗겨 버린 것이다.

"그럼… 아버지는 미국을 위해 야마시타 골드를 찾고 있었다는 건가요?"

지금 현재 백호연이 가져다준 정보로는 딱히 진운의 아버지가 죽기 전까지 무슨 일을 했는지 추측도 힘들 만큼 양이 적었다.

진운의 한마디에 백호연은 고개를 저으면서,

"아니. 내가 보기에 그 반대였던 것 같아. 한국 정부에서 미국 몰래 야마시타 골드를 찾으려고 했다는 게 내 판단이야."

"한국 정부… 에서요?"

얼핏 들으면 쉽사리 이해가 가지 않는 이야기이다.

공식적으로 필리핀에서 나오는 모든 야마시타 골드는 미국의 것이다.

북한과 대치 중인 분단국가이다 보니 어쩔 수 없이 군사적으로 미군에 의지하고 있는 상황인 한국에서 미국의 뒤통수를 때리는 짓을 한다니.

진운이 생각해도 뭔가 앞뒤가 맞지 않았다.

"자세한 건 모르지만 정호식 씨는 정부의 명령으로 필리핀으로 가서 야마시타 골드를 찾고 있었다는 것만은 확실하네. 그리고… 그냥 찾기만 했는데 살해당하진 않으셨겠지."

묘하게 뉘앙스를 풍기는 백호연의 말에 진운은 천천히 고개를 돌려 파일을 보고서 다시 백호연을 보더니,

"제 아버지께서… 미국이 찾지 못한 야마시타 골드가 숨겨진 곳을 찾았다는 말이군요."

"맞아. 그냥 찾기만 하는 스파이라면 사실 필리핀에 널리고 널렸지. 그런데 굳이 자네 아버지를 죽이고 자네 아버지와 관련된 모든 사람을 죽이려 했다……. 좀 이상하지 않아? 자네도 국정원의 습격을 받았다고 들었는데 말이야."

테칸처럼 적은 아니지만 백호연도 진운의 본래 신분을 이미 알아본 것이다.

이걸 보면 자신이 왜 그토록 힘들게 신분을 세탁했는지 조금은 허탈해지는 심경이었다.

"그렇군요. 아버지의 죽음, 야마시타 골드, 그리고 죽은 아버지가 금이 숨겨진 장소를 발견했다면… 모든 것이 맞아떨어지네요."

갑자기 진운의 머릿속을 복잡하게 헤집어놓았던 것이 순식간에 맑아지면서 최소한 자신의 아버지가 왜 살해당해야 했는지 머리로는 납득이 가는 순간이다.

"자네를 습격했던 국정원 요원, 미국 쪽 사람이었겠지. 그런데 생각을 조금 바꿔보면 반대로 자네 아버지와 같이 순수하게 한국을 위한 국정원 요원도 있다는 말이 되지 않나?"

백호연이 굳이 말하지 않아도 진운도 대충 그럴 것이라고 생각하는 중이다.

다만 아버지와 관련된 모든 사람이 소리 소문 없이 죽어버린 마당에 얼마나 그런 사람들이 남아 있을지 알 수가 없을 뿐이지만 말이다.

최소한 백호연이 전해준 정보 덕분에 진운이 한국으로 돌아가서 해야 할 일이 하나 생긴 셈이다.

"자네 눈빛을 보니 한국으로 돌아가서 찾아볼 셈인가 보군. 아버지와 같은 생각을 가졌던 사람들을 말이야."

"당연히 그럴 생각입니다. 그리고 그들이라면… 아버지의 비밀에 더욱 가까이 다가가는 것일지도 모르죠."

"아, 그리고 혹시 자네 아버님의 유품 중에 다이어리 같은 것 없었나?"

"……!"

순간 진운은 입을 굳게 다물어 버렸다.

하지만 백호연이 그걸 놓칠 리가 없었고, 진운이 뭔가 알고 있다는 눈치를 채고는,

"자네를 습격했던 테칸, 그리고 자네를 죽이려고 혈안이 되어 있는 일루미나티 녀석들 모두 이상하게 자네를 바로 죽이지 않고 있어. 마치 무언가 자네에게서 찾을 것이 있는 것처럼 말이야."

"……."

진운은 굳이 거짓말을 하기 싫었기에 입을 다물어 버렸다.

백호연은 진운의 침묵이 길어질수록 뭔가 숨기는 게 있다는 것을 확신했다.

하지만 지금 백호연은 진운에게 다이어리를 보여달라고 요구할 수가 없었다.

현재 진운과 백호연은 서로 원하는 것이 있어서 잠시 손을 잡고 있을 뿐이다.

비즈니스로 말하면 서로 계약 관계인 것이다.

물론 백호연이 약간은 손해를 보는 계약 관계이긴 했지만 진운은 아마 그렇게 생각하지 않을 것이다.

벌컥!

"응?"

위층에서 쉬고 있을 것으로 생각했던 알렉산드로가 갑자기 문을 거칠게 열고 들어오더니,

"연! 녀석이 나타났다!"

"뭐?"

느닷없이 알렉산드로의 정보원으로부터 러시아에서 사라진 진조가 나타났다는 연락이 온 것이다.

이곳이 중국인 이상 백호연의 도움이 필수적이기에 급히 내려와 알리자, 당연히 백호연은 아직 옥상에서 대기 중인 군용 헬기를 쓸 생각으로 일어섰다.

"자네도 이제 슬슬 계약을 실행하러 가야지? 안 그런가? 린 네는 여기서 기다려라."

생각보다 빨리 모습을 나타냈다는 것이 조금 의외이긴 하

지만 진운도 일어섰다.

＊　　＊　　＊

처참했다.

아니, 이건 도저히 눈뜨고 보지 못할 광경이라고 해야 할 정도였다.

어미가 자식의 팔다리를 뜯어 먹던 흔적이 남아 있고, 그런 어미의 다리를 자식이 뜯어 먹다 죽어 있는 모습이 눈만 돌리면 흔하게 보였으니 말이다.

"지독하군."

백호연마저도 인상을 찡그릴 만큼 시체 썩은 내가 마을 전체에 진동하고 있는 곳에 도착한 것은 불과 10분 전이다.

알렉산드로의 안내로 헬기를 이용해서 중국의 외지, 아니, 오지에 속하는 부락에 도착한 뒤 가장 먼저 진운이 느낀 것은 사기(死氣)가 가득한 죽음의 향기였다.

"알렉, 진조가 벌인 짓이겠지?"

백호연이 알렉산드로를 보면서 물어보자 의외로 가만히 지켜보던 알렉산드로는 고개를 갸우뚱했다.

"조금 이상한데……."

"뭐가?"

자신이 안내해 놓고 막상 와서는 이상하다면서 계속 주변을 살펴보기만 하는 알렉산드로의 모습에 백호연은 잠시 마을에서 조금 떨어지려고 했다.

아무리 마스터이고 초인이라고 하지만 시체 썩은 내가 진동하는 마을에 굳이 멀뚱하니 서 있고 싶은 마음은 없었으니 말이다.

"자네는 괜찮은 건가?"

백호연은 의외로 미간을 조금 찡그릴 뿐인 진운의 모습에 슬쩍 물어보자,

"그냥… 견딜 만하네요."

진운은 이미 대륙에서 웬만한 악취에 나름 적응이 되어 있었다.

백호연이 질색하는 시체가 썩어가면서 풍기는 냄새가 지독하긴 했지만 그래도 도망칠 정도는 아니었다.

지금 진운의 미간을 찡그리게 하는 것은 시체 썩은 냄새가 아니라, 마을을 가득 뒤덮고 있는 죽음의 기운인 사기였다.

"이상해. 어째서 하나같이 시귀가 되어버린 거지?"

알렉산드로가 죽어버린 시체를 하나씩 살펴보고는 계속 고개만 갸우뚱거리는 것에 진운이 천천히 다가가자,

"자네가 보기엔 어떤가, 이 모습이?"

불쑥 진운에게 물어보았지만 알렉산드로도 딱히 진운에게

뭔가 해답을 얻으려는 생각은 아닌 듯했다.

"한 부락의 수십 명의 사람이 전원 시귀가 되는 것은 확률적으로도 조금 이상하긴 하네요."

"응? 자네도 시귀가 뭔지 알고 있나?"

뜻밖에도 진운도 자신과 같은 생각을 하고 있다는 것에 놀란 듯 쳐다보자,

"진조… 흡혈귀는 사람의 피를 빨아서 상대를 흡혈귀, 아니면 구울, 그것도 실패하면 시귀가 된다고 알고 있는데요."

"오, 정확하게 알고 있군."

백호연은 이런 것에 아는 것이 별로 없다 보니 알렉산드로 혼자 끙끙대고 있었는데, 뜻밖에도 진운이 자세하게 알고 있었다.

알렉산드로는 그나마 숨통이 조금 트이는 듯한 표정을 지었다.

"이렇게 완벽하게 전원이 시귀가 되는 것은 지금까지 들어본 적이 없어. 아무리 진조라고 해도 소환된 이상 인간을 시귀로 만드는 것은 진조 마음대로 할 수 없거든. 로또복권 1등에 당첨되는 확률보다 낮은 확률로 이렇게 부락민 전원을 시귀로 만드는 것은 테른도 못한다고 했는데 말이야."

"테른?"

진운은 수족관 옥상에서 얼핏 들었던 테른이라는 이름이

또 나오자 슬쩍 반문을 해보았다.

그런데 자신과 대화가 통한다는 것에 어느 정도 마음을 열었는지 알렉산드로가 설명을 해주기 시작했다.

"김현중 알지? 그 녀석이 데리고 다니는 부하야. 뭐 그 녀석이야말로 진정한 마족이지. 마음만 먹으면 며칠 안에 지구 전체를 흡혈귀로 뒤덮을 수 있을 만큼 엄청난 능력을 가지고 있었으니까. 아무튼 걸어 다니는 완전체 마족이라고 보면 돼. 소환된 녀석이 아니라 마계에서 쓰던 힘을 100% 지구에서도 쓸 수 있는 유일한 마족이었으니까."

알렉산드로의 말을 들어보니 이건 뭐 소설에 나오는 드라큘라 백작은 흡혈귀 수준에도 들지 못할 만큼 엄청난 능력을 가지고 있는 존재였다.

그런데 그런 존재를 굳이 찾지 않고 알렉산드로가 혼자 끙끙대는 것을 보니,

"김현중이 지구를 떠날 때 같이 가버린 거군요."

"맞아. 어차피 테른 그 녀석은 김현중 외에는 그 무엇도 거들떠보지도 않던 녀석이었으니까 오히려 홀가분한 마음으로 떠나 버렸지. 크크크큭, 뭐 그 때문에 한동안 여자 한 명이 엄청 울었지만 말이야."

"……?"

진운은 알지 못하는 것을 혼자 생각하며 킥킥거리는 알렉

산드로였다.

"아무튼 그 녀석도 사실 이렇게 완벽하게 시귀만 만드는 건 불가능하다고 했으니 이건 너무 이상한 거지. 마치……."

"부락을 습격한 것이 진조 한 마리가 아니라… 수십 마리가 습격한 것처럼 말이죠?"

자신이 하려던 말을 정확하게 집어내 말하는 진운의 모습에 마치 마음이 통하는 친구를 만난 듯 크게 기뻐한 알렉산드로는,

"맞아. 진조가 한 마리가 아니라 어설픈 녀석들로 수십 마리라면 이건 충분히 가능하지. 그보다 나도 모르는 마족을 어떤 놈들이 무슨 이유로 도대체 몇 마리나 소환한 건지 감도 못 잡겠는데, 이 정도면……."

그런데 이것이 끝이 아니었다.

디리리리!!

알렉산드로의 전화가 울렸고, 전화를 받은 그의 표정이 굳어지더니 황급히 백호연에게 달려갔다.

"다른 곳이 또 발견되었다. 연, 서둘러!"

"또?"

또다시 시체 썩은 내를 맡아야 한다는 생각에 백호연은 인상을 찡그리면서 헬기에 올랐다.

진운이 마지막으로 올라타자 곧바로 날아오른 헬기는 10

여 분을 비행하다가 금방 착륙했다.

그나마 첫 번째 부락보다는 덜했다.

하지만 여전히 끔찍한 광경이었다.

피비린내가 진동하는 것을 보면 최근에 일이 벌어진 듯했다. 주변을 보더니 백호연도 같이 조사를 하기 시작했다.

하지만 결과는 역시나 첫 번째 마을과 별다를 게 없었다.

"이거 몰려다니는 것 같아."

알렉산드로가 최종적으로 결론을 내리자 진운도 고개를 끄덕였다.

자신이 봐도 이건 소환된 흡혈귀 한 마리가 벌일 수 있는 수준을 한참이나 넘어서 있었다.

그런데 가만히 주변을 살펴보던 백호연이 품에서 지도 한 장을 꺼내 표시를 하기 시작했다.

스삭슥삭, 슥삭.

대충 하는 것 같았지만 상당히 정확하게 주변 지형을 그려 냈다.

지도에 지금 자신들이 있는 부락까지 표시하고서 한 번 더 살펴보더니 지도를 알렉산드로에게 넘겨주었다.

"이거 한번 봐."

"응?"

백호연이 넘겨준 지도를 받은 알렉산드로는 붉은색으로

표시되어 있는 것을 가만히 보더니,

"이건 일정한 배열을 가지고 있는 듯한데……. 그렇군! 팬타그램이야."

"역시……."

백호연도 알렉산드로의 말을 듣고 자신의 생각이 맞았다는 것에 주먹을 잠시 움켜쥐는 행동을 취했다.

"자네도 한번 보게."

알렉산드로가 진운에게도 지도를 보여주었다.

"맞네요. 이건 무언가 목적을 가진 일정할 규칙을 가지고 있는 듯해요. 마치 자로 잰 듯 정확하게 대칭을 그리고 있는 것을 보면 팬타그램에… 무언가 더 다른 것이 있는 것 같은데……."

진운은 지도의 표시를 머릿속으로 그리다가 백호연의 손에서 펜을 잠시 빌려 아예 지도에 선을 긋기 시작했다.

스윽~ 스윽~ 스윽~ 스윽~

그저 표시가 된 것을 따라 그리는 게 아니다.

진운은 레이나와 지내면서 완벽하진 않지만 어느 정도 마법진이 그려지는 규칙을 알고 있었다.

그것을 기본으로, 지도의 표시를 기반으로 선을 그어 나가자, 의외로 머릿속에 그려진 것과 조금 다른 그림이 그려졌다.

"이건 뭐지?"

알렉산드로로는 진운이 지도에 그린 최종 완성품을 보고서 고개를 갸웃거렸다.

"완성한 거야?"

군에 연락해서 지금 이곳을 깨끗하게 치우라고 명령을 내린 백호연이 돌아와 진운이 완성한 지도를 보았다.

"이건 소환진이야!!"

"소환진?"

"소환진?"

의외로 이런 부분에 가장 아는 것이 없을 것이라고 생각했던 백호연이 지도에 그려진 그림을 보자마자 큰 소리로 말하자 다들 의외라는 눈빛으로 쳐다봤다.

"왜 그래? 이건 백련교 녀석들이 자신들이 꼭 사고 칠 때마다 땅바닥에 그려놓는 것을 너무 자주 봐서 눈에 익어서 그래."

"백련교의 소환진? 그럼 뭘 소환한다는 거야?"

알렉산드로가 기대에 찬 눈빛으로 백호연에게 다시 물어보자,

"그건 나도 모르지."

"……."

잠시나마 그에게 기대했던 것이 허무할 만큼 실망스런 대답이다.

그런데 지금까지 조용히 지도만 쳐다보던 진운이 뭔가 골 똘히 생각하는 듯하더니,

“저기…….”

“응?”

“왜?”

동시에 두 사람 다 고개를 돌리며 진운을 쳐다보는데 그 눈 빛들이 조금은 부담스럽게 느껴지는 진운이다.

“그냥… 생각해 본 건데요, 라스푸틴의 예언서, 그리고 그 걸 훔친 진조, 거기다 진조의 흔적으로 보이는 사고 지점, 모 두 연결하면 마치 미리 짠 듯 정확하게 소환진이 만들어지는 것, 그럼 결론은 하나뿐인 것 같은데요?”

“하나? 하나……. 서, 설마……!”

알렉산드로는 진운의 말을 곰곰이 되새겨 보다 놀란 표정 이 되었다.

하지만 백호연은 여전히 영문을 모르겠다는 듯 눈만 깜빡 이며 진운과 알렉산드로를 쳐다보고 있을 뿐인데,

“연, 모르겠어? 이건 그래고리 라스푸틴… 그 녀석을 다시 불러오는 소환 주문이야!!”

“뭐라고?”

그제야 이해를 한 백호연은 알렉산드로가 그렇게 놀란 토 끼눈으로 자신을 쳐다보는지 이해가 되었다.

자신의 죽음마저 예언한 녀석이었다.

그런 녀석이 죽을 날만 기다렸을까?

그럴 리가 없는 게 너무나도 당연한 사실이었고, 지금 그 증거가 드러나 버린 것이다.

죽음을 피할 수 없다면 되살아나거나 다시 돌아오는 방법을 남겨두려 할 것이다.

역사적으로 영생을, 혹은 부활을 꿈꾼 자가 얼마나 많았던가?

고금제일의 예언가로도 불렸던 자가 그러한 꿈을 꾸지 않았다고 어떻게 잠당하는가?

어떻게 보면 당연한 사실인데 그걸 아무도 생각하고 있지 않았던 것이다.

다시 진운의 목소리가 들렸다.

"지도를 보면… 이곳이 마지막 소환진을 완성하는 곳이었네요."

"……."

"가만, 소환진을 사용하기 위해 가장 필요한 제물, 소환진 모두 완성이 되었다면?"

백호연은 미친놈들의 집단인 백련교가 산 제물을 바쳐서 마족을 소환했던 것을 처리한 경험을 살려 천천히 말하다가 고개를 번쩍 들었다.

"의식만 치르면 완성이야!"

"젠장! 연, 얼른 전군을 총동원해서라도 의식을 치르는 곳을 찾아야 해!!"

알렉산드로가 다급하게 외쳤다.

백호연은 황급히 품에서 휴대전화를 꺼내더니 자신이 동원할 수 있는 군을 총동원할 생각인지 정신없이 전화를 걸어서 명령을 내리기 시작했다.

알렉산드로도 백호연에게만 맡기고 있지 않고 자신의 부하들에게 연락을 날렸다.

거의 난리가 난 두 사람 다 정신없는 이 상황에 유독 진운만 조용히 자신이 완성한 지도를 가만히 보고 있다.

그러는 와중 레이나가 했던 말이 문득 떠올랐다.

—마법진은 보기에는 복잡해서 어떻게 되는 건지 모르지만 단 한 가지, 마법진이 발동하기 위해서는 필수적으로 필요한 게 있어. 그게 바로 마법진의 핵이야.

진운은 지금 자신이 아는 마법적 지식을 총동원해서 지도에 그려진 마법진의 핵을 찾기 위해 뚫어지게 쳐다보고 있는 중이다.

레이나의 말에 따르면 아무리 대단하고 엄청난 마법진이

라도 마법진의 핵만 찾아 무효화해 버리면 마법진 자체를 소
멸시킬 수 있다.

"여기를 시작으로 이렇게, 이렇게, 그리고 이곳이 마지막
지점이라면……."

사건이 발생한 시간을 순서별로 나열하고 상관관계를 따
지며 곰곰이 찾아보던 진운의 시야에 유독 이상한 곳 하나가
발견되었다.

"어째서 이곳만 사람이 죽지 않았지?"

다른 곳은 백호연이 표시하면서 사망자 숫자를 적어놓았
는데 유독 한 곳만 사망자가 없었고, 대신 실종자만 있었다.

한번 이상하다고 생각이 들자 곰곰이 되짚어보던 진운은
벌떡 일어서면서,

"여기로 가죠."

갑자기 지도를 들이밀면서 진운이 가자고 하는 곳을 쳐다
보던 알렉산드로는,

"어째서 그렇게 생각하는 건가?"

지금까지 지도만 유심히 보던 진운이 갑자기 한 군데를 찍
어주자 당연히 이유가 궁금했기에 물어본 것이다.

"이곳만 사망자가 없으니까요."

"응? 사망자?"

진운의 말에 황급히 지도를 손에서 빼앗아 살펴보던 알렉

산드로는 놀란 눈으로,

"정말이야? 유일하게 이곳만 사망자가 한 명도 없어?"

"응?"

알렉산드로마저 지도에 정신이 팔리자 백호연도 다가오더니,

"왜 그래?"

"연, 이곳에 사망자가 정말 없었나?"

"이곳이라니? 아, 여기?"

백호연은 알렉산드로가 손가락으로 가리킨 곳을 보고는 말했다.

"맞아. 어린애 열 명만 실종되었지. 사망자가 없어서 그냥 넘기려고 했는데 찾아보니 마족의 흔적이 느껴지기에 우선 표시는 했는데, 왜?"

"연, 자네는 천재야!!"

갑자기 자신을 칭찬하면서 알렉산드로가 환하게 웃자 영문도 모르고 같이 웃기 시작하는 백호연이다.

곧장 헬기에 올라탄 백호연과 알렉산드로, 그리고 진운은 지도에 표시된 곳으로 향해 날아올랐다.

Chapter 11
소 이 와 레 이

한적한 시골, 중국이 아무리 발전하고 있다지만 그 땅이 얼마나 큰지 새삼 느끼게 되는 것이 바로 지금일 것이다.

진운은 군용 헬기에서 내려 주변을 살펴보고는 마치 대륙에 와 있는 것 같은 착각을 느꼈으니 말이다.

흙으로 쌓아 올린 벽에 허름한 슬레이트 지붕.

한국의 온돌 문화와 달리 중국의 낡은 집 안에는 화로가 있고, 요리부터 모든 것을 한 공간에서 이루어지도록 되어 있었다.

그래서 방과 부엌이 전혀 나뉘어져 있지 않으니 언뜻 보면

공간이 섞여 엄청 지저분해 보이기도 했다.

아니, 북경과 비교하면 마치 수십 년을 타임머신을 타고 과거로 돌아온 것 같은 느낌을 받을 만큼 차이가 심했다.

"아직도 이런 곳이 있긴 하구만……."

알렉산드로가 조용히 한마디 하자 백호연도 별수 없다는 말투로,

"워낙 넓어야 말이지. 모두가 똑같이 잘사는 것은 불가능하니 어쩔 수 없는 거지."

경제가 나라의 중심이 되면서부터 어쩔 수 없이 생기는 빈부의 격차는 그 누구도 방법이 없긴 했다.

가난은 나라님도 구제하지 못한다는 말이 그냥 나온 게 아니다.

이곳은 아직도 우물에서 물을 길어다 쓰고 빨래를 냇가에서 하는 모습이 보였다.

그런 마을에 갑자기 군용 헬기가 하늘에서 날아와 내려앉았으니 마을에 있는 사람들이 몰리는 것은 어쩌면 당연했다.

"이제 어쩌지?"

백호연은 막상 진운의 말대로 지도에 표시가 되어 있는 마을에 오긴 했는데, 여기서부터 뭘 해야 몰라 자연스럽게 진운에게 시선이 돌아갔다.

알렉산드로도 같이 진운을 쳐다봤다.

“……?”

진운은 왜 자신을 보는 거냐는 식으로 오히려 두 사람을 마주 보았다.

백호연은 답답하다는 표정을 짓더니.

“자네가 오자고 했지 않는가? 그럼 이후에 어떻게 해야 할지 알려줘야지!”

“제가요?”

“그럼 당연하지.”

“……”

진운의 입장에서는 물에서 건져주니 내 보따리 내놔라라는 식으로 느껴질 수도 있다.

하지만 백호연과 알렉산드로가 보기에는 진운이라면 뭔가 자신들이 생각하지 못했던 무언가를 말해주지 않을까 하는 기대 심리가 있을 수밖에 없는 상황이었다.

다들 군대를 풀어 어떻게든 찾으려고 우왕좌왕할 때 진운만 혼자 지도를 보면서 무엇이 필요한지 어떤 것이 문제인지 정확하게 찾아냈으니 말이다.

사실 진운이 머리가 천재라서 그런 것은 아니었다.

백호연도 알렉산드로도 진운이 천재라고 생각하고 있진 않으니 말이다.

하지만 천재보다 더 대단한 재능이 바로 진운에게 있었는데, 그건 바로 직관력이 뛰어나다는 것이다.

이것은 번뜩임이라고 해야 할까?

설명하자면 가장 필요한 순간에 가장 적절한 해결책이나, 퀴즈나 문제를 보면 자연스럽게 해답으로 향하는 재능인 것이다.

이건 천재적인 지능이 아니라 거의 본능에 가까운 것이라 타고나는 편이었다.

당연히 진운은 그냥 당시 필요한 것을 찾아서 추리했을 뿐이었으니 두 사람의 기대를 한 몸에 받는 것이 조금은 부담스러웠다.

진운도 이곳에 오면 뭔가 있을지도 모른다는 생각일 뿐이었으니 말이다.

"찾아보죠."

"그거뿐이야?"

일반적인 말이 나오자 조금은 실망스럽다는 듯한 표정을 노골적으로 보여주는 백호연을 본 진운은,

"저도 사람입니다."

"험, 뭐 누가 뭐랬나……."

찬바람 쌩쌩 부는 목소리가 되돌아오자, 그제야 자신이 좀 너무했다는 걸 느꼈는지 슬쩍 뒤돌아 서버리는 백호연이었다.

반면 알렉산드로는 진운에게 슬쩍 다가오더니,

"뭔가 특별하다 할 게 전혀 없어 보이는데……."

딱히 자세하게 살펴보지 않아도 그냥 주변만 둘러봐도 중국 외지로 나가면 흔하게 볼 수 있는 마을 풍경이었다.

사람들의 표정이나 그런 것에도 특별한 것을 느낄 수가 없었다.

그저 난생 처음 헬기를 본 마을 아이들이 호기심 어린 눈망울로 주변에 모여들어 총총히 눈빛을 빛내고 있을 뿐이었다.

그중에 여섯, 일곱 살은 되어 보이는 여자애 하나가 기웃거리다 호기심을 참지 못하는지 자기 딴에는 숨어서 온다고 옆에 벽에 딱 붙어서 눈치를 보기 시작했다.

슬금슬금…….

흙으로 만든 벽이라 옷에 흙먼지가 다 묻어나는데도 그런 것은 상관없는지 곁눈질로 진운을 슬쩍 보면서 안 보는 척하는 것이다.

사실 어른의 눈에도 그냥 보이는데 하물며 마스터에 오른 진운의 감각에 이미 발을 떼는 순간 여자애의 행동이 모두 들켜 버린 상태였다.

어린애이기에 진운은 그냥 생각없이 고개를 돌렸다가 눈이 딱 마주쳤는데,

휙~!

자기가 놀라서 땟국물이 흐르는 시커먼 손으로 얼굴을 감싸면서 가렸다.

손가락 사이로 눈동자만 빼꼼히 내밀어 보고 있는 모습이 귀여워서 피식 웃자,

씨익~

여자애도 진운을 따라 웃었다.

"아는 애인가?"

알렉산드로는 진운과 서로 마주보며 웃는 모습에 물었다.

"아니요, 전 여기 처음입니다."

"그야 그런 것 같은데 보기에는 그렇지 않아 보여서 그러지."

알렉산드로는 말은 그렇게 했지만, 그냥 여자애가 붙임성이 좋은가 보다라고 생각했다.

자신의 딸도 병이 나은 이후에 사람을 만나는 것을 너무나 좋아해서 그거 따라다니는 게 힘든 지경이었기에 그러려니 한 것이다.

"안녕~"

진운이 손을 흔들면서 인사하자,

꼼지락꼼지락.

손가락을 조물딱조물딱거리더니 슬쩍 손을 들어 진운에게 인사하듯 흔들어주자, 천천히 무릎을 땅에 닿게 앉은 진운이

오라고 손짓했다.

"이리 와볼래?"

사실 진운도 꼭 와주길 바라서 부른 건 아니었다.

보통 모르는 사람이 와보라고 하면 본능적으로 경계하는 것이 어린애였으니 말이다.

그런데,

다다다다닥!!

덥석!!

"……."

오히려 부른 진운이 무안할 만큼 기다렸다는 듯 진운의 품으로 달려들더니 안겨 버렸다.

"…자네 정말 여기 처음인가?"

알렉산드로도 모르는 애가 부른다고 달려와 안기는 경우는 처음 봤기에 물어보자,

"…저도 왜 그런지 모르겠네요."

막상 자신이 부르긴 했지만 이렇게 대단한 반응을 보일 줄은 몰랐던 것이다.

부비부비부비.

거기다 진운의 가슴에 얼굴을 문지르기까지 한다.

마치 몇 년 만에 연인이 서로 만나서 격하게 포옹하는 듯한 모습과 이상하게 흡사했다.

그런데 진운은 가슴 부분에 뭔가 따뜻한 느낌이 들면서 품에 안겨 있는 여자애의 어깨가 조금씩 들썩이는 것을 보고는,

"우는… 건가?"

환하게 웃으면서 가슴에 안긴 것까지야 이해할 수 있다.

그런데 안겨서 울다니?

그것도 생전 처음 보는 사람 품에 안겨서 말이다.

이건 아무리 어린애라도 너무 뜻밖의 반응이라 당황스러울 수밖에 없었다.

"어쩐다, 이걸……."

우는 애를 떼어놓자니 그렇고, 그렇다고 이대로 있자니 계속 울 것 같고 난감한 것이다.

사실 형제가 없이 홀로 자라온 진운은 지금처럼 어린애가 울 때 어떻게 해야 하는지 아는 게 없었다.

어린애를 자주 봤거나 좋아했다면 모르겠지만, 그것도 아니니 말이다.

그때 뒤에 있던 알렉산드로가 조용히,

"살며시 안아주게."

"네?"

"그냥 살며시 안아주면 되네. 그리고 울음을 그치면 아마 잠들 거야. 그럼 그때 떼어 놓게나."

"이, 이렇게요……?"

진운이 알렉산드로의 말대로 양팔을 뻗어 울고 있는 여자애를 살며시 감싸듯 안아주자,

"흑흑흑… 흑흑흑……."

오히려 더 크게 울기 시작했다.

조금 전까지는 소리없이 울었다면 이번에는 아예 대놓고 우는 것이다.

"저기… 이거 정말 이렇게 하는 거 맞아요?"

자신이 안아주자 오히려 더 우는 모습에 당황한 진운이 물었다.

알렉산드로는 고개를 끄덕이면서,

"어린애나, 어른이나 여자는 울고 있을 때는 그냥 말없이 안아주는 게 남자가 할 일이야. 그럼 수고하라고~"

그 말을 남기고 매정하게 가버리는 알렉산드로.

그의 뒷모습을 본 진운은 결국 여자애의 울음이 그치기까지 한참 동안이나 그렇게 땅바닥에 무릎 꿇고 앉아 안고 있어야만 했다.

잠시 후, 울음소리가 작아지는 것 같아 슬쩍 가슴에서 떼어 보니,

"정말… 자네."

이미 딸을 키우고 있는 알렉산드로에게는 그냥 평범한 일상이겠지만, 진운에게는 아니었다.

잠든 모습을 보고 있으니 왠지 이상한 기분까지 들었다.

그때,

"레이!!"

진운의 앞에 있던 낡은 집에서 이제 16살? 아니, 그보다 조금 더 어려 보이는 소녀가 진운을 향해 큰소리치더니 급하게 달려왔다.

그리고 진운의 품에서 냉큼 빼앗다시피 안아드는 것이다.

"이 녀석! 정말… 또……."

잠든 것을 확인하고는 몸을 잠시 살펴보는 모습이 어지간히 걱정이 되었던 듯했다.

그리고 그렇게 레이의 몸을 다 확인하고 나서야 진운을 보더니,

"누구시죠?"

"정진운."

단답형의 끝을 보여주는 진운의 대답에 소녀는 레이를 안고 일어서더니,

"죄송해요, 원래 낯가림이 심한 아이인데……."

"괜찮아요."

어린애가 그냥 잠투정 부리듯 안겨서 울었던 것이 전부였기에 진운은 별거 아니라는 듯 한마디 던졌다.

소녀는 여전히 미안한 듯한 표정으로,

"그 옷… 제가 빨아드릴게요."

"옷?"

진운은 소녀의 말을 듣고서야 레이가 안겨서 울던 자신의 가슴을 보았는데,

"…갈아입어야 할 듯하네."

콧물과 땟국물이 진운의 가슴에 그대로 묻어 있었다.

반대로 레이의 얼굴은 마치 세수한 듯 너무나 깨끗해져 있었다.

울면서 자신의 모든 것을 진운에게 넘겨주고 세상모르고 잠들어 버린 것이다.

"괜찮아요."

뭐 옷이야 딱히 소녀가 빨아주지 않아도 상관없기에 진운은 손을 내저으면서 일어섰지만,

"안 돼요."

강력하게 진운의 옷자락까지 잡아끌면서 기어코 진운의 옷을 빨아주겠다고 고집을 부리기 시작했다.

몇 번이고 그냥 옷 갈아입으면 된다고 말을 했지만 도무지 말이 통하지 않는 상대였다.

무조건 자신이 빨아줘야 한다고, 결국 집으로 가자고 고집을 넘어 억지까지 부렸다.

계속 거절하던 진운은 소녀의 눈에서 강한 다짐, 내지는 의

지를 읽고서 그냥 포기했다.

진운은 소녀를 따라 집으로 가서 옷을 벗어주었다.

"중국 아이들은 다 저런가?"

한국으로 치면 중학생 정도로 보이는 소녀가 겨우 자기 동생이 남의 옷을 좀 더럽혔다고 저렇게까지 고집을 부리는 모습이 너무나 생소하게 다가왔다.

졸지에 진운은 그녀가 준 누군가 입던 중국식 상의를 입고, 자고 있는 레이를 지켜보고 있어야만 했다.

"여기서부터는… 백호연 씨나 알렉산드로 씨의 힘이 나보다 더 필요하니……."

아무래도 진운의 능력보다 확실히 국가 공인 마스터의 권력을 가지고 있는 백호연의 힘이 절대적이었다.

사람을 풀어서라도 뭔가 힌트라도 얻어야 진운도 추리를 할 수 있는데 막상 이곳에 와보니 너무 평화로웠기에 진운도 순간 자신의 판단이 잘못되었을 수도 있다고 생각이 들었으니 말이다.

그렇지만 분명 뭔가 있긴 했다.

레이나로부터 배운 마법진의 법칙에 따르면, 이곳만 다른 곳처럼 시귀는커녕 죽은 사람조차 없다는 것은 너무 이상했다.

실종 한 명 정도로는 설명이 안 되는 이상함이었다.

소환진.

무언가를 소환한다는 것은 말 그대로 지구가 아닌 다른 곳
에서 그곳에 있는 무언가를 불러내는 것이었다.

그 소환진도 결국 세상의 이치에서 벗어나지 못하고, 등가
교환이라는 절대적인 법칙을 따라야만 하는 것이다.

일반적으로 소환진에는 동물의 피나 심장이 주로 제물로
사용된다.

죽은 자를 불러내는 소환진, 즉 부활에 맞먹는 마법진을 발
동하려면 자연의 법칙에 의해 이곳으로 와서는 안 되는 자를
다시 불러오는 것이기에 몇 배, 아니, 몇 십 배나 많은 대가를
치러야만 한다.

결국 동물로는 해결되지 않기에, 그 대가로서 바로 마법진
을 구성하는 핵심점에 있는 마을과 부락에 살던 인간들의 목
숨이 필요한 것이다.

그런데, 그래서 지금도 진운의 뇌리에서 풀리지 않는 것이
있었다.

그건 바로, 어째서 그냥 죽이지 않고 시귀로 만들어서 어미
가 자식을 잡아먹고 자식이 어미를 뜯어먹는 가장 처참한 모
습으로 죽였냐 하는 것이다.

더욱이 지도에 표시된 마을 전부가 그렇게 죽었다는 것이
더더욱 이상할 수밖에 없었다.

제물의 용도라면 굳이 힘들게 시귀를 만들 필요도 없다.

그저 죽이고 그 피와 심장을 취하면 되는 것인데 너무 복잡하고, 누가 봐도 이상한 죽음의 흔적을 남겨 놓은 것이다.

숨어서 다니면서 자신들이 하는 일을 들켜서는 안 되는 녀석들이 남긴 흔적치고는 너무 요란하다 못해 마치 우리를 찾아주세요~ 하면서 광고하는 것과 다를 바가 없었으니 말이다.

시귀도 그렇고 이 마을도 그렇고, 해석되지 않는 이상함이 너무나 많다.

저벅.

잠들어 있는 레이를 보면서 혼자 생각에 빠져 있던 진운은 귓가에 발소리가 들려 고개를 돌렸다.

그새 깨끗하게 진운의 옷을 빨아온 소녀가 옷을 내밀었다.

그것도 젖은 옷을 말이다.

"깨끗하게 빨았어요."

"…고마워요."

설마 젖은 옷을 그대로 줄 것이라고는 생각하지 못했던 진운은 우선 받긴 했지만, 젖은 옷을 입기에는 난감하기만 했다.

"입어보시면 마음에 들 거예요"

당장 입어달라는 무언의 압박이 온다.

왠지 소녀의 눈빛이 이상하게 마음에 걸렸지만 진운은 원하는 대로 입었다.

스르륵. 스륵…….

찝찝하고 몸에 자꾸 달라붙는 옷 때문에 입기가 제법 귀찮았던 진운은 결국 마나를 활성화시켜 몸에서 열기를 뿜어내 말리면서 입었다.

그나마 여름옷이니 마나의 힘으로 입으면서 말리는 것이 가능했지, 겨울옷이면 아무리 마나를 활성화시켜 몸에서 열기를 뿜어냈다고 해도 시간이 제법 걸렸을 것이다.

그렇게 진운이 옷을 다 입고 나자 그제야 자신도 만족한 듯 소녀는 환하게 웃으면서 진운에게 90도로 허리를 숙였다.

"죄송했어요. 동생 때문에."

"괜찮아요."

사실 동생이 아니라 당신 때문에 더 귀찮았다는 말을 하고 싶지만, 좋은 게 좋은 거라고 그냥 웃어넘겼다.

진운은 인사를 남기고 집을 나섰다.

그런데 진운이 레이의 집을 나와서 몇 걸음 걷지도 않았는데 40대 후반으로 보이는 남자가 진운에게 다가와서는,

"당신 누군데 소이 집에서 나오는 거요?"

첫마디부터 왠지 뼈가 있는 말투였다.

처음 보는 사람이 시비 거는 듯 다가와 신경질적으로 물어보는데 진운이 순순히 대답해 줄 리가 없었다.

"제가 왜 그쪽에게 대답해야 합니까?"

정중한 듯하지만 그냥 꺼지라는 뜻이었다.

상대도 그걸 알아챘는지 미간을 한껏 찌푸리면서 허리춤에 끼고 있던 팔뚝 길이만 한 부러진 박도(朴刀)를 꺼내 들었다.

녹이 잔뜩 슬어 있고 이도 거의 빠진 것이 도끼 대용으로 사용한 듯 투박했다.

하지만 확실히 칼은 칼.

그가 위협적으로 진운을 노려보면서 부러진 박도를 진운에게 내밀려고 하는 순간,

퍽!

"컥!!"

털썩.

짧고 간결하게 라이트 훅으로 사내의 턱을 시원하게 날려버리고는 진운이 그대로 가던 길을 가버렸다.

"쿨럭쿨럭……!"

자신이 왜 지금 땅을 보고 있는지, 왜 다리에 힘이 들어가지 않는지 도저히 영문을 모르겠다는 표정으로 사내는 땅에 얼굴을 처박고 있었다.

힘겹게 고개를 들어, 멀어지는 진운을 보던 사내는 뭐라고 소리치려 했지만 자꾸만 감기는 눈을 이기지 못하고 결국 그대로 기절해 버렸다.

한편 진운은 걸어가면서,

"소이, 레이. 자매가 확실하네."

자신을 대한 것을 봐도 누가 봐도 자매가 맞지만 방금 이름 모를 사내에게 들었던 소녀의 이름을 생각하면 확실했다.

진운은 걸음을 멈췄다.

갈 땐 가더라도 알 건 알아야 했다.

그는 가던 길을 되돌아와, 기절한 사내 앞에 섰다.

퍽!!

기절해 있던 사내의 등을 짧고 강하게 때렸다.

"쿨럭!!! 쿨럭!!!"

벌떡!!

마치 스프링이 튕겨 오르듯 기절했던 사내가 그 자리에서 벌떡 일어섰다.

주변을 두리번거리다 진운과 눈이 마주치자,

"너!! 너!!! 네놈이!!!"

뭐라고 하고 싶은지 손가락으로 삿대질을 하지만 방금 기절한 것 때문에 '너~' 라는 말을 계속 반복할 뿐이었다.

"날 왜 위협했지?"

진운은 귀찮다는 듯 심드렁하게 한마디 하자,

"그야!! 저 집에서 나왔으니까 그렇지!!"

역시나 소이와 레이의 집을 가리키면서 입에서 침까지 튀기며 외쳤다.

"왜?"

"왜라니? 저 집은 저주받은 집이다! 그런데 그 집에서 네 녀석이 나왔으니까 당연한 것 아닌가?"

"저주?"

뭐 그냥 시답지 않은 시비였다면 아주 다시는 밥숟가락 뜨지 못하게 턱을 부숴 버릴 생각이었던 진운은 저주라는 말에 호기심이 일어났다.

사내에게 얼굴을 바싹 가져다 대더니 씨익 웃으면서,

"뭔지 듣고 싶은데 말야."

"내, 내가 왜 그걸 네 녀석에게 말해줘야 하는… 데… 요……."

갑자기 눈꼬리가 가늘어지는 진운의 눈빛에 겁을 먹었는지 뒤에 '요' 자를 붙인다.

조금씩 뒷걸음질을 치려는 녀석의 움직임에,

꽈악~

다시 주먹을 불끈 쥐고 슬쩍 들어 보이자,

"마, 말, 말해주면 되잖아… 요! 말해준다고… 요!"

역시 법은 멀고, 주먹은 가까운 법이었다.

이것은 전 세계 만국의 공통이었고 그 누구에게나 통하는 절대 법칙이기도 했다.

사내는 소이와 레이에 대해서 이야기를 하기 시작했다.

이야기를 들어본 진운은 자신도 모르게 미간이 찌푸려질

수밖에 없었다.

"그러니까… 사라진 아이들이 모두 저 소이와 레이가 저주를 받아서 그렇다 이거지?"

"그래… 요."

"기가 막히는구만."

어린애 둘이서 무슨 저주를 받았다고 사람들이 실종된단 말인가?

아무리 무식하다지만, 이걸 당연하게 생각하는 눈앞의 사내놈의 머리통을 열어보고 싶다는 생각에 진운의 몸에서 살기가 피어올랐다.

"히끅!!!"

가까운 탓인지 아니면 진운의 살기가 강한 탓인지 갑자기 사내는 온몸을 떨기 시작했다.

"누구지?"

"뭐, 뭐를 말이… 요……?"

"소이와 레이가 저주를 받았다고 떠든 놈이 누구냐 이 말이야."

"그건 알아서 뭐하게… 요?"

꾸욱~

별말 없이 진운이 다시 주먹을 불끈 쥐고 사내 눈앞에 들어보이자,

“주술사다… 요.”

“주술사?”

아프리카도 아니고 21세기가 시작된 지도 한참이나 되었는데 주술사가 있다는 것도 이상한데, 그 주술사가 한 말을 철석같이 믿는다는 것은 더 기가 막혔다.

아무리 오지라지만 여기는 현대의 상식도 통하지 않는단 말인가?

“그래서, 주술사가 한 말을 믿고, 지금까지 저 자매를 멀리 했다?”

“그야… 저주가 옮으면 안 되니까… 요.”

“에라이!!”

퍽!!

털썩…….

정말 말도 안 되는 말에 결국 진운의 주먹이 사내의 턱을 또 돌려 버렸다.

아까 그 자세 그대로 똑같이 기절해 버린 사내를 뒤로한 진운은 소이와 레이의 집으로 향했다.

『바벨의 탑』 8권에 계속…